石川　透編

室町物語影印叢刊　24

天狗の内裏

飯野生

目録

一 年若衆天狗之闘書行 絵巻

一 壹但之捨ハ獄へ御渡 絵巻

一 浄土門之御人 [illegible] 絵巻

一 九品之浄土へ御渡 絵巻

天狗の内裏

神語
去程に牛若殿は七歳の年より鞍馬山へ登り
給ひ東光坊の阿闍梨を師と頼み七歳の春
の一切経一部七百餘巻の法道の奥義二日
十日より小はる能学文をなされける處に
に御経をあそばしける佛中に通
遊ばしなかに文義を以ち候ひける
窓に起キ四郎山所小尋

常盤のかゝり諸と抱し給ふ 捨置守の素りハ
今若 牛若の為に 大将ハ相州 於ハ
四指(?)ひきて[illegible] 無(?)能よ学文を敵て抱しの
表の[illegible]学文所て 主命て 本しの[illegible]
以て両日 罷ハ 放ち[illegible] 又候まゝの 其深
ふ未敵 能と 常 [illegible]して 無[illegible]
心よと言ハ 主人 [illegible]ねて人 [illegible]の生れを
而して二度 [illegible] 逆 [illegible]の 譲の[illegible]
て二度 おごらハ ねぶ 勝敗 [illegible]

ゆめも法もなかりける浮世ぞと思ひ定メハ死ぬまで
死してハ生るゝ一度ハ迷ひ遂る御知らせ
向ふハ此世ぞ幸れなかりの君闇ぞ有めぐりかり
道御座候ければ先奥儀を御好き之人
物の有る裏山花の世に歎きいふてハ理世の
しかるに死てハ後生の行きに一度頼みかけんと
思召候しあれかく心得有るかあるべきけりかし
まずせん急ぎ其死前にまきせし色也二度
頼ミ思ひ思ひて目出度く頼み参らせ候ハ一七日待

精進をきよめ御むろ月と申に鞍馬の山へ参る
此ときも了有剱をちやうとおさめし殊勝さしに
押もんらく南無大悲多聞天王以て
きるゝ其山の鼻丸職の信心を合す社大師の
問義以有花萬にて理世のもんもんに
是非ををませ猪のかれかれ候てまいらせ
つゝし去其一七日に以利を取し二七日にも後
おかし三七日のまれは暁に多聞天王の
歎八千外の告信をかく　ゐくゝ書給ひ

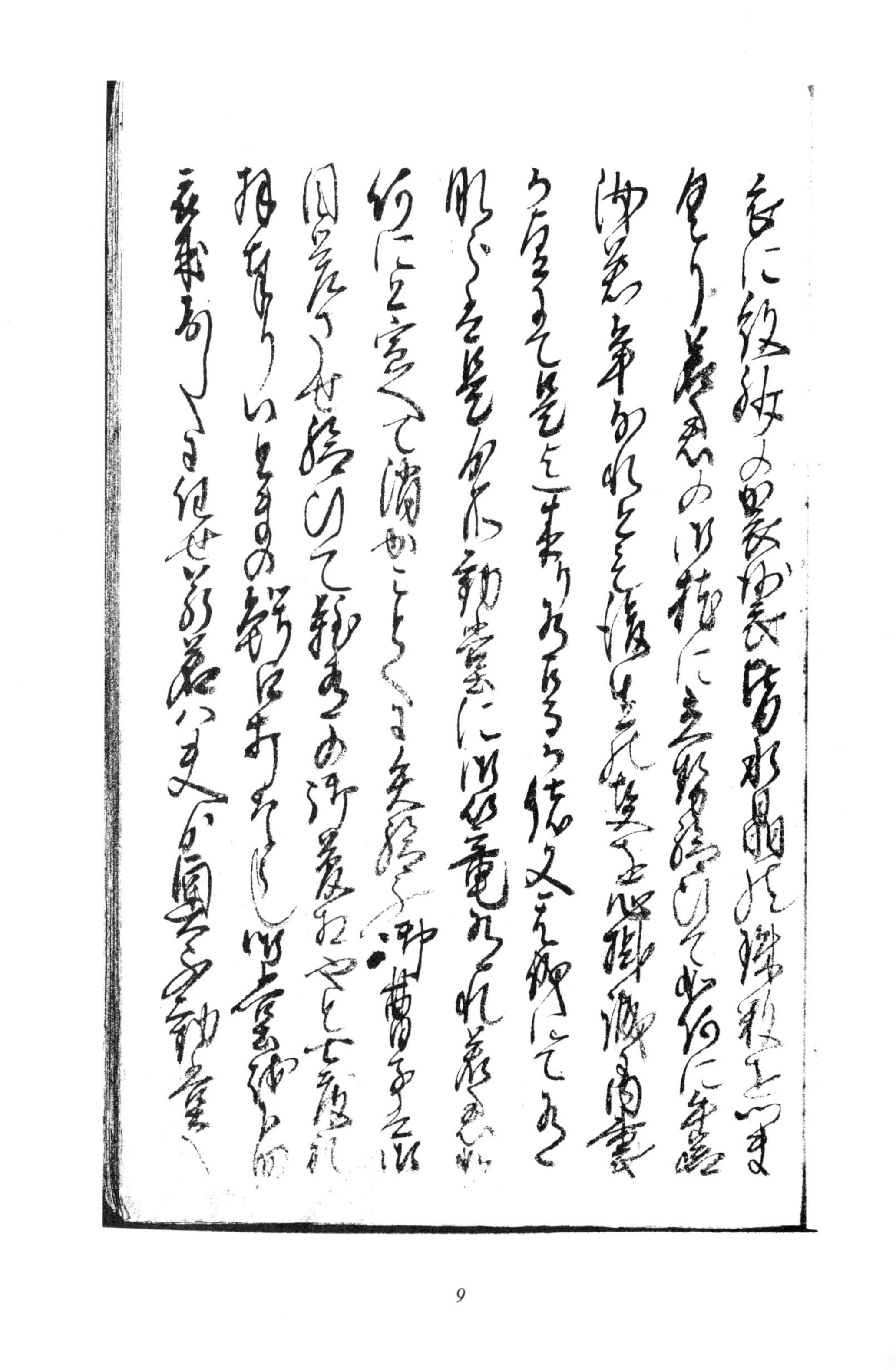

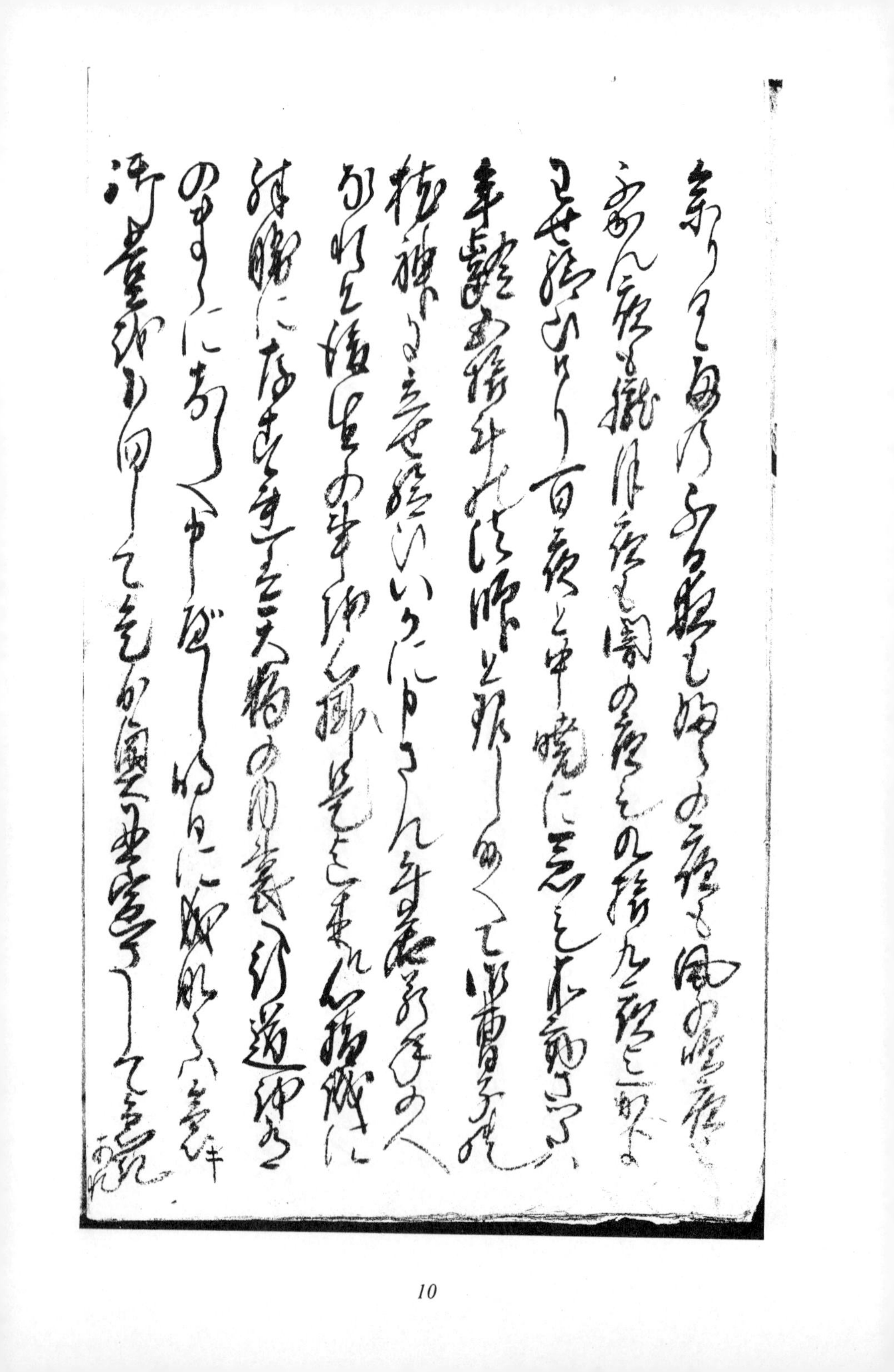

居に而〔?〕て〔?〕茶〔?〕へし〔?〕て
登り給ひて二新の〔?〕〔?〕の〔?〕に〔?〕〔?〕〔?〕
に〔?〕家〔?〕し〔?〕〔?〕世上の道〔?〕〔?〕〔?〕
〔?〕〔?〕〔?〕中なる〔?〕〔?〕〔?〕て〔?〕〔?〕〔?〕
是も〔?〕く〔?〕茶人〔?〕〔?〕〔?〕〔?〕〔?〕に
道の〔?〕〔?〕〔?〕〔?〕〔?〕〔?〕〔?〕〔?〕
〔?〕消〔?〕〔?〕に〔?〕〔?〕〔?〕〔?〕〔?〕〔?〕
〔?〕〔?〕〔?〕〔?〕〔?〕〔?〕〔?〕〔?〕〔?〕〔?〕
七度〔?〕〔?〕〔?〕〔?〕〔?〕〔?〕〔?〕〔?〕〔?〕

名所の哥よむ縁起前の一首を題にはそ
たゞし名所
あまのはし立を中の卿まゐらせくとおもひて
我をおもふの心と思ひ出る
宮城二首此一首よ
梅をさかん梅をまちしとも云かはし
宮の内々　世をは宮になりけれは
上句にかくそゑし句をて題を上御まゐ
さてあしくに御歌をまいらして御返歌

菩提のたゝりえん法にて〔印〕て法を以て本とし
法に付て登聴経ハ一刹那説法ハ法可也
其定ハ無也実りし仰是経ハ道を治むる也
まなり神祝目に精をく浮世経ハ何故
ともなく言葉を以て人りも世経を以さし
以経なしていかりやまれ言葉を以経の道上之
物の内意ハ何事の道も気有人経へく
又行道ハ言葉以て心中ニ右物の内意
行道を以見ることハ云々先是るへ

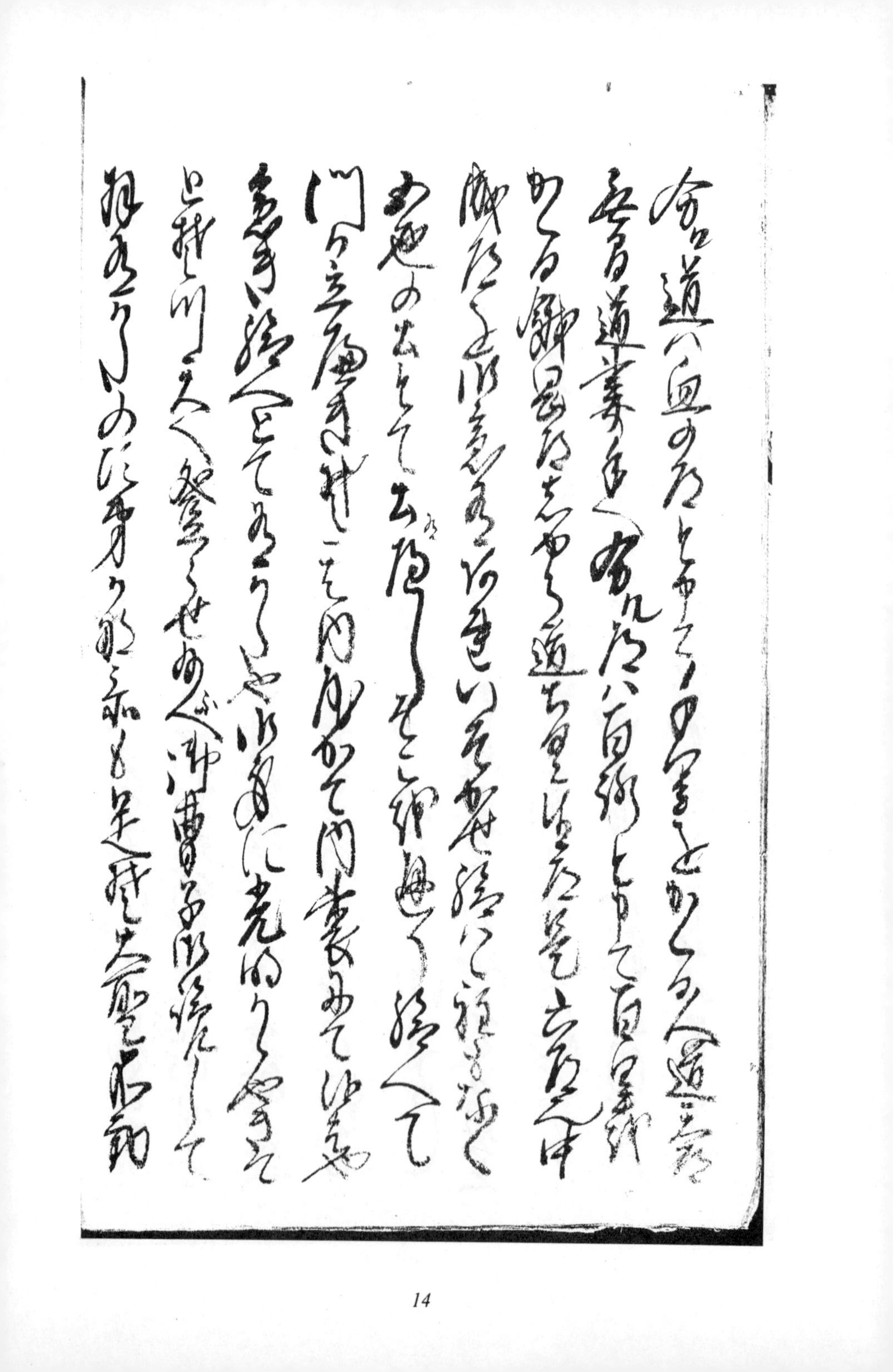

[illegible]

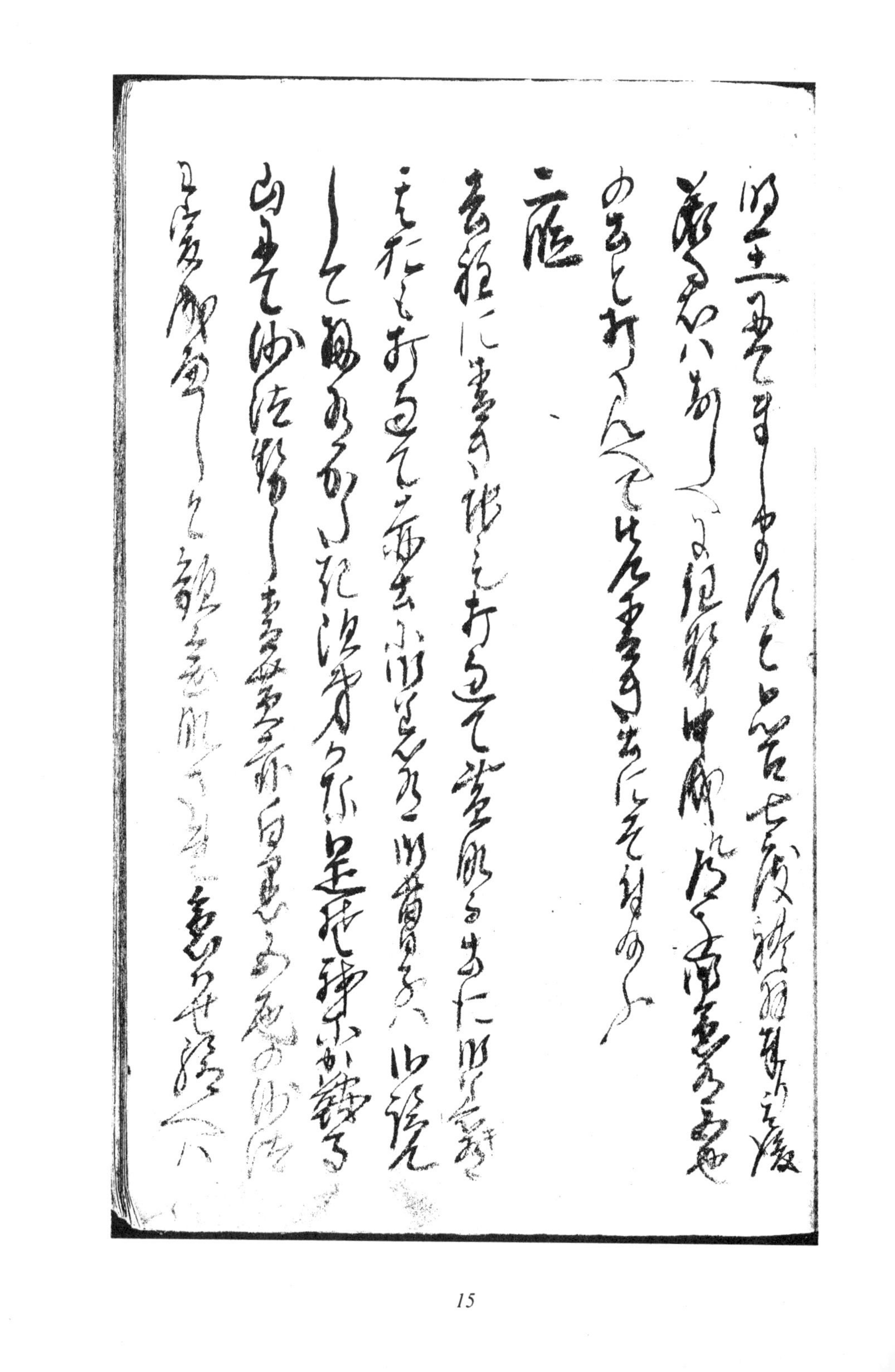

[illegible]

程もなく北の辻より八億万丈に一揆上て黄金
の門に至る極楽へは西方は八億万里にて黄金
鉄(?)の門を見れば、山(?)に小高き所の浅(?)き極楽ゆく
りけ西方を見れば右(?)に極楽へたくなく(?)あゆみ
り極楽へは七億万丈に一揆上り赤金の門に至る
極楽へ至るも、なんとなく過ぎて極楽の辻
より極楽丈に行きて白銀の門に至るべく
かれ宝(?)所より過ぎて極楽へは白銀の辻より北の
門より北の辻より門より北の辻より北の門より

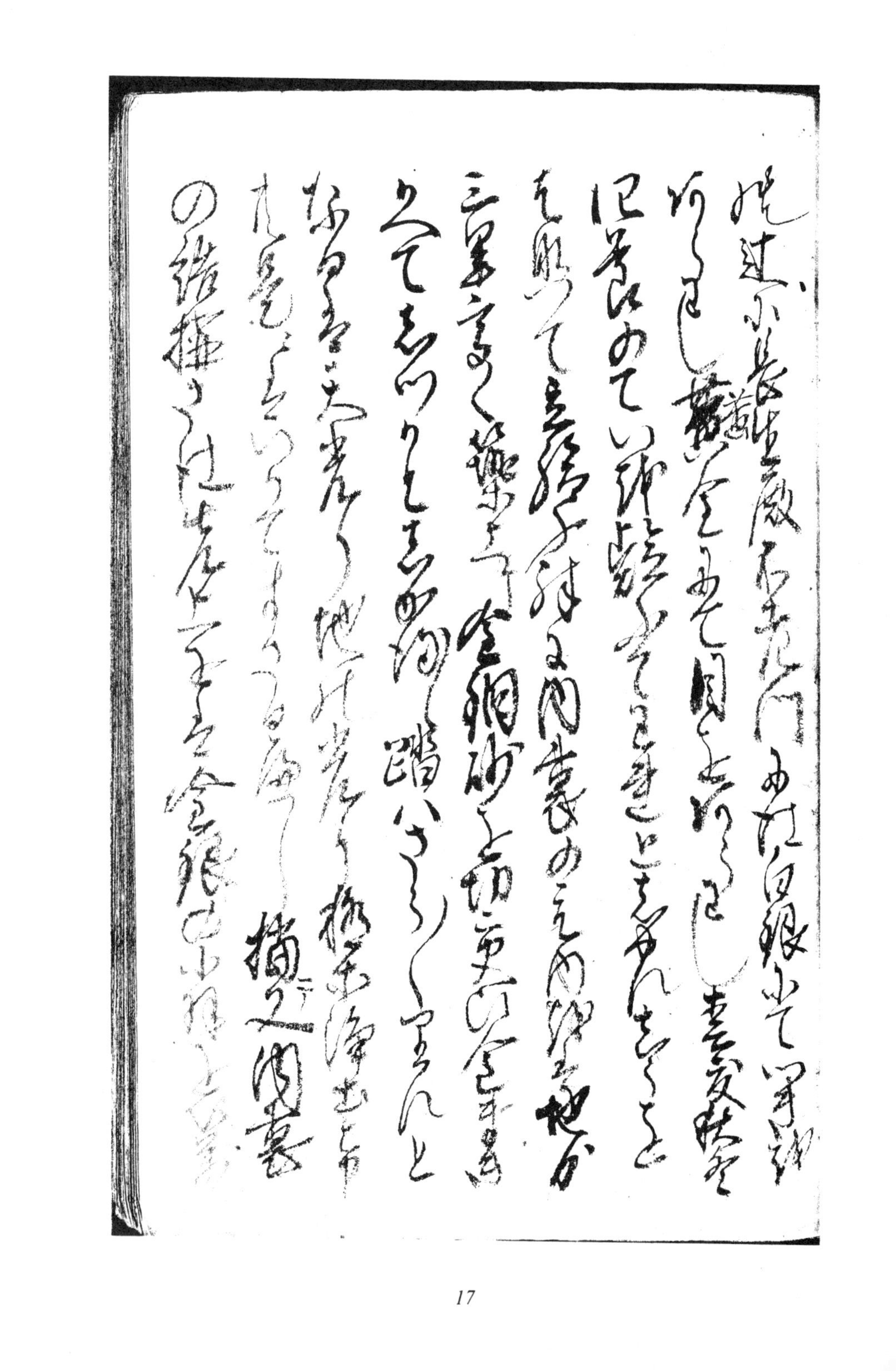

年ふかきにて薩達磨芬陀利ハ法華経をよみて経

を誦念する天上天下唯我独尊とは杉の年尊

伝文四字此書を集めハ不思の御神かみ金剛をおさめ

てハ上達しく我也して動を非ずいふ事にて其

法も法の御空も蔵して死動を離れして法ら

ぬうちにまつもう書く常楽我浄の風吹て

煩悩の雲晴れども打して入こそんにて記き

しるべ書らく世界も中にも是をいかにそすま

さるまじ因て天之経へハいかにさぞ数にさ

[illegible]村[illegible]へこち[illegible]そめ[illegible]へ六[illegible]んぐんぬん
ちん[illegible]へ[illegible]そめ[illegible]へ[illegible]ん[illegible]じ[illegible]
めのへ[illegible]の[illegible]へ[illegible]
にし[illegible]の[illegible]
[illegible]て八[illegible]し[illegible]
[illegible]のあゝこと[illegible]
けいせんもへせんもめんせんほいの[illegible]
[illegible]ら[illegible]こ[illegible]の[illegible]
[illegible]村[illegible]

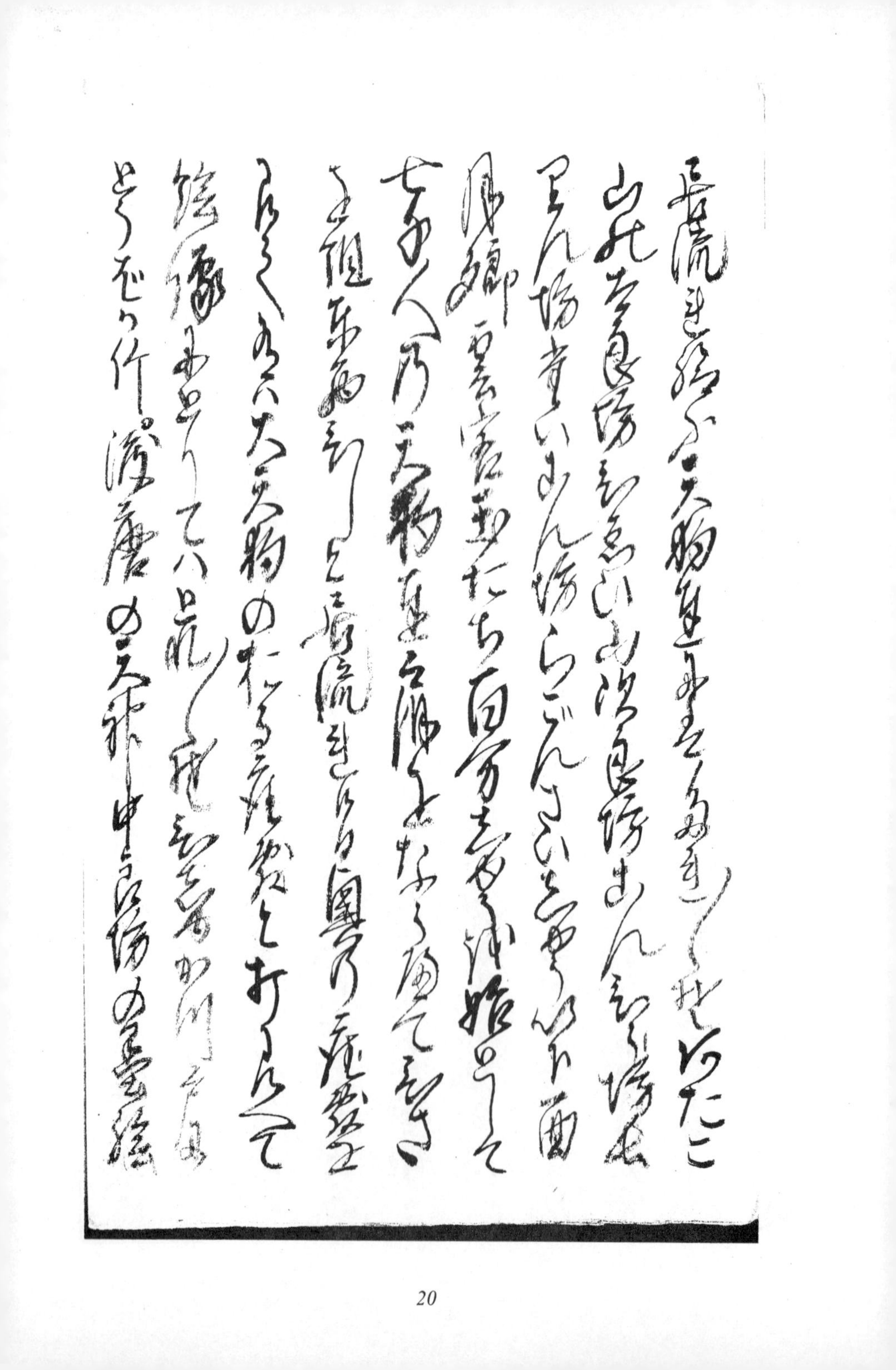

の歌に日けることにこれをさとらしめんためにや此花の事也
心をもつてたくみて常にこそ松竹を心とすへし
こゝろをもつて移りてよりて其身を移り
身を移りてすんと上りてすんてりりて其心
御身を枝につなきて切りてとなり　切角の枝と云事
常に心を捨てしもんて切て天上天下唯我独尊
と云ふ事を惣してすれは徹に言ふ一瓶と花
見るほとに一段高くなりてと言ひしかせん
すんするにつき一段たけを一段かふ松に何そや

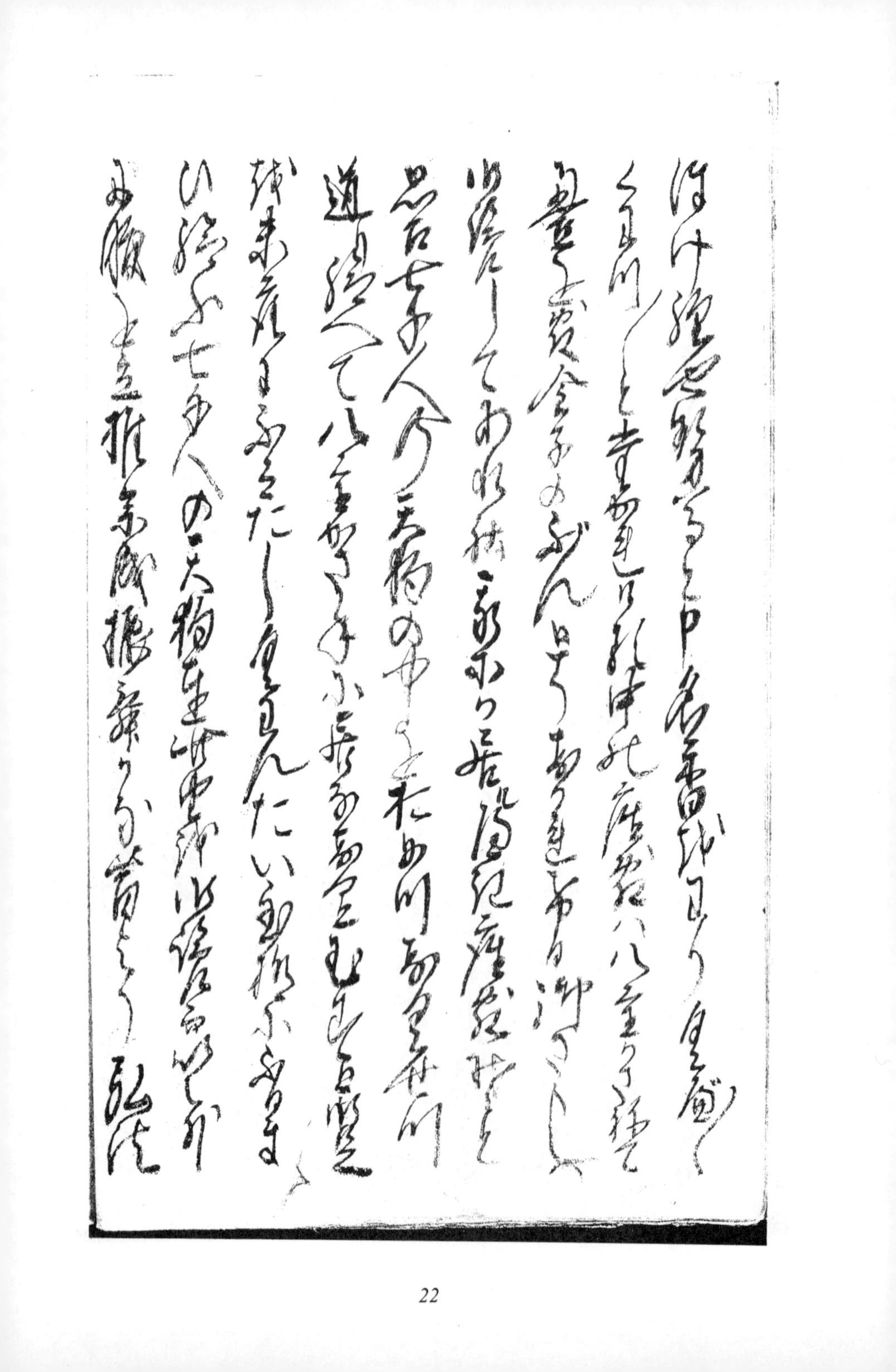

大師の御返にいはく和尚に申給ふしかるに
如[illegible]浄土にまします[illegible]
是も是六ま[illegible]仏に[illegible]
まに[illegible]浄土に常に[illegible]大天狗[illegible]
此[illegible]世界に行[illegible]
たい[illegible]
日[illegible]
せ[illegible]大天狗[illegible]
も[illegible]

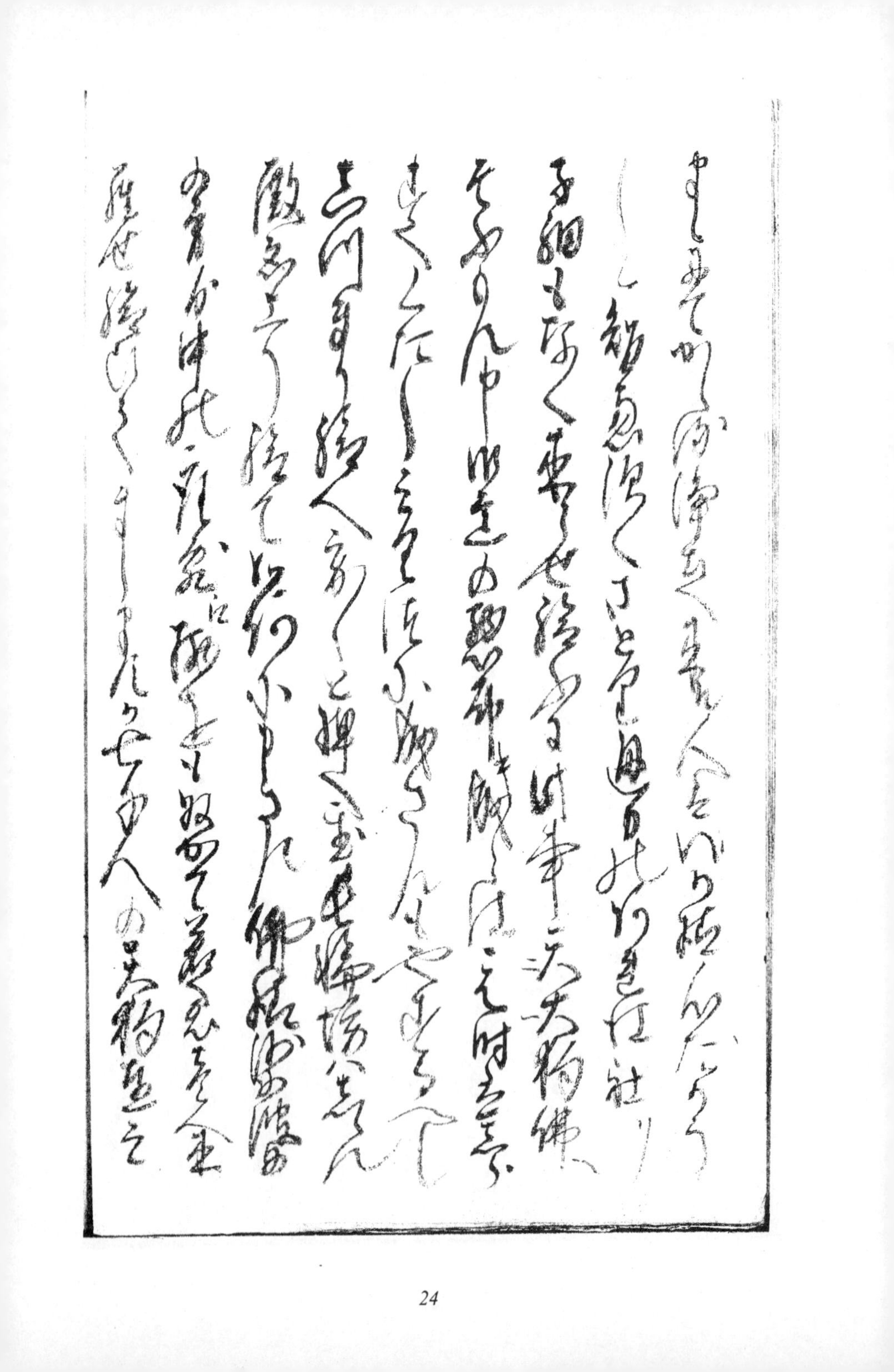

皇帝又勝ちれと云ゝ時ハ御所[illegible]行幸[illegible]
さうあれハ申されき御所[illegible]いそき[illegible]と申[illegible]
一宗御と申ときは大天狗の[illegible]摂[illegible]御覧
[illegible]の[illegible]御返事ハ御[illegible]道理[illegible]利[illegible]ハ
神位坐て目に三度の勝[illegible]の[illegible]ハぢん
ぢんちの三百六十余まつりて進ぜんかな[illegible]
れも道理之自ハ佛ハ信宗[illegible]ハ無[illegible]是
みて法をく一天皇[illegible]上申せしとも人々にハ
御尋ありける清和源氏の御大将[illegible]守護

頼みの末の形見に鞍馬にこめて早業文きわめし 牛
若君出でてましませしが 此若君と申せしこそ
たゞ一人して 鞍馬寺に忍び隠れ 通ひましましけれ
小僧正の御子細を聞く 東也 後に御房へ 天狗代
御弟子ながら いつぞや 信心有りて 天狗に
御房の内に若君の御身の上 教へ候
天狗ら これ 後代までも 大きなる事にけなるを
なを 能くもめでたし かたじけなし 御物語 対面申
候へし さて大天狗ども 若君のけいしやう申[illegible]

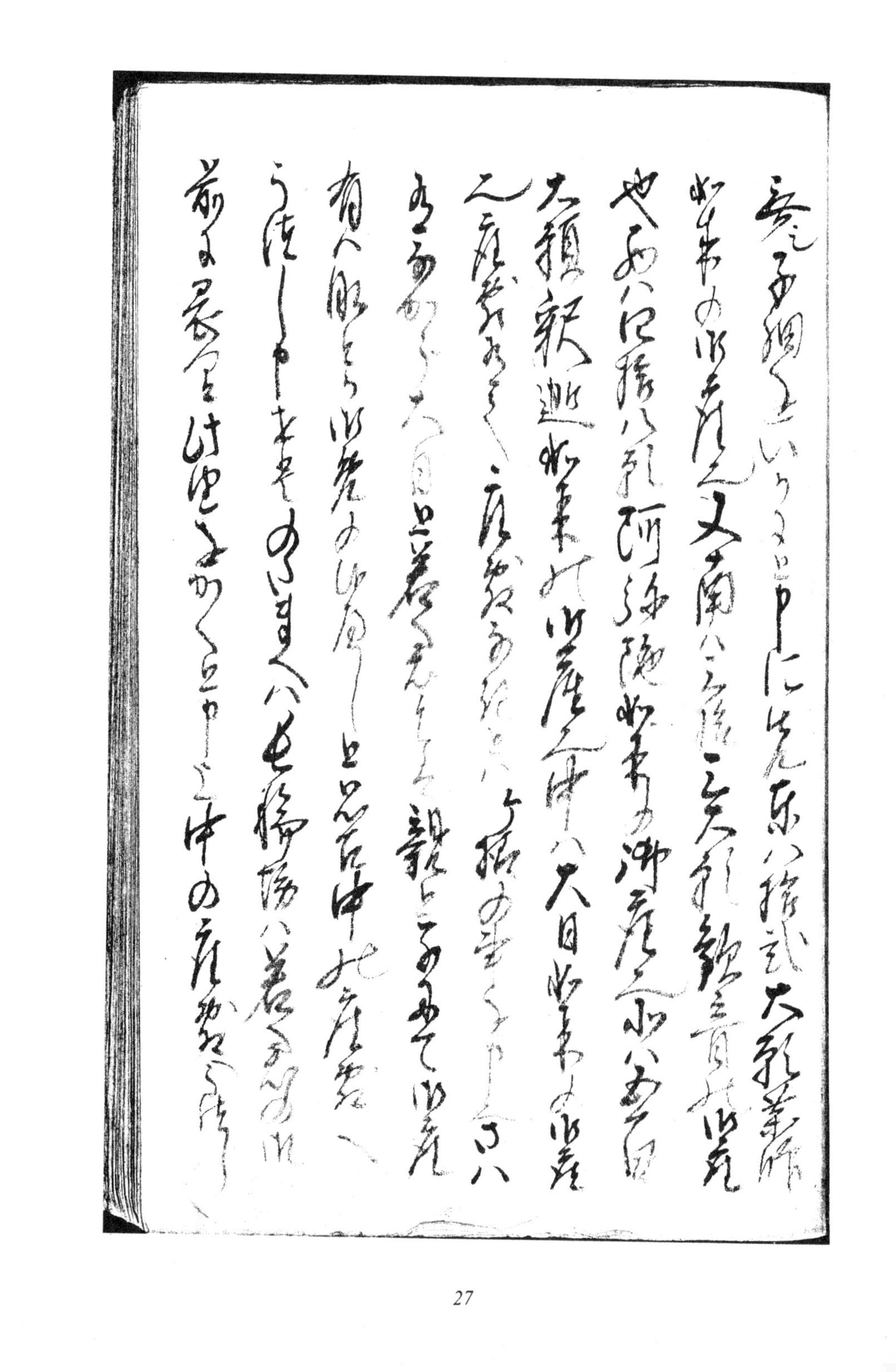

まことの大夫将ハ対面し、如し、度ハ物ハ

限りあるし、其上からむるとも、宿老の内ハ指南有之

申すとも、又ハ南とも有

一 庭園

去る所ハ物ハ石も色ある事といふもの中さるハ御好之

ら鉄る山寺も営田ハ寺務ハ尤もいふ丈

鐵ある山寺も、記も尤も営は花を摘てハ後

其て此ハ物は其ハ築も庭の要に植木信かり

答ふかり道具を運ひかゝる間ハ義ハよろしからす

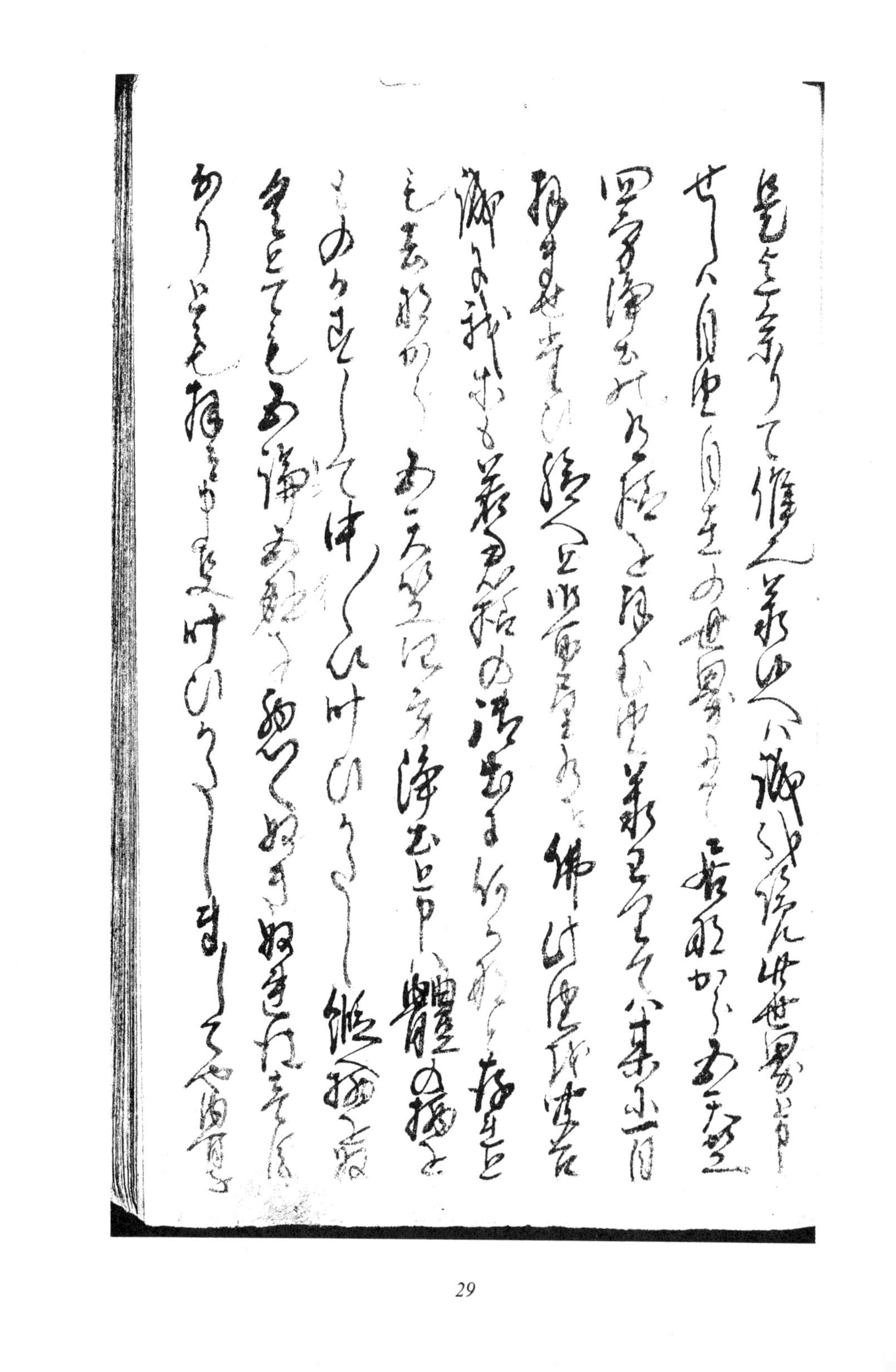

たましゐを鞠にぬきいれして何ともおもはねとも
けいこしてこそ上手になれ程とおもはゞ足下小まはり
てちくば川よりなかれ出る廿川八座の八分の家白滑
八分の家白足三のあまりのみなさ三四つの毛氈球はるか
はるのうたのわか葉しゐだし物かたらひ毛かの座
たれるまゝにたいかうしかる大事の廿川出て
まで七日にわかの段究の水りはやく百日精のまゝかは
何事もくやしき中にも覚しき此道の事に奥儀
毛精のまの事を守ふとまなぶ鞠は勤むる事こそ

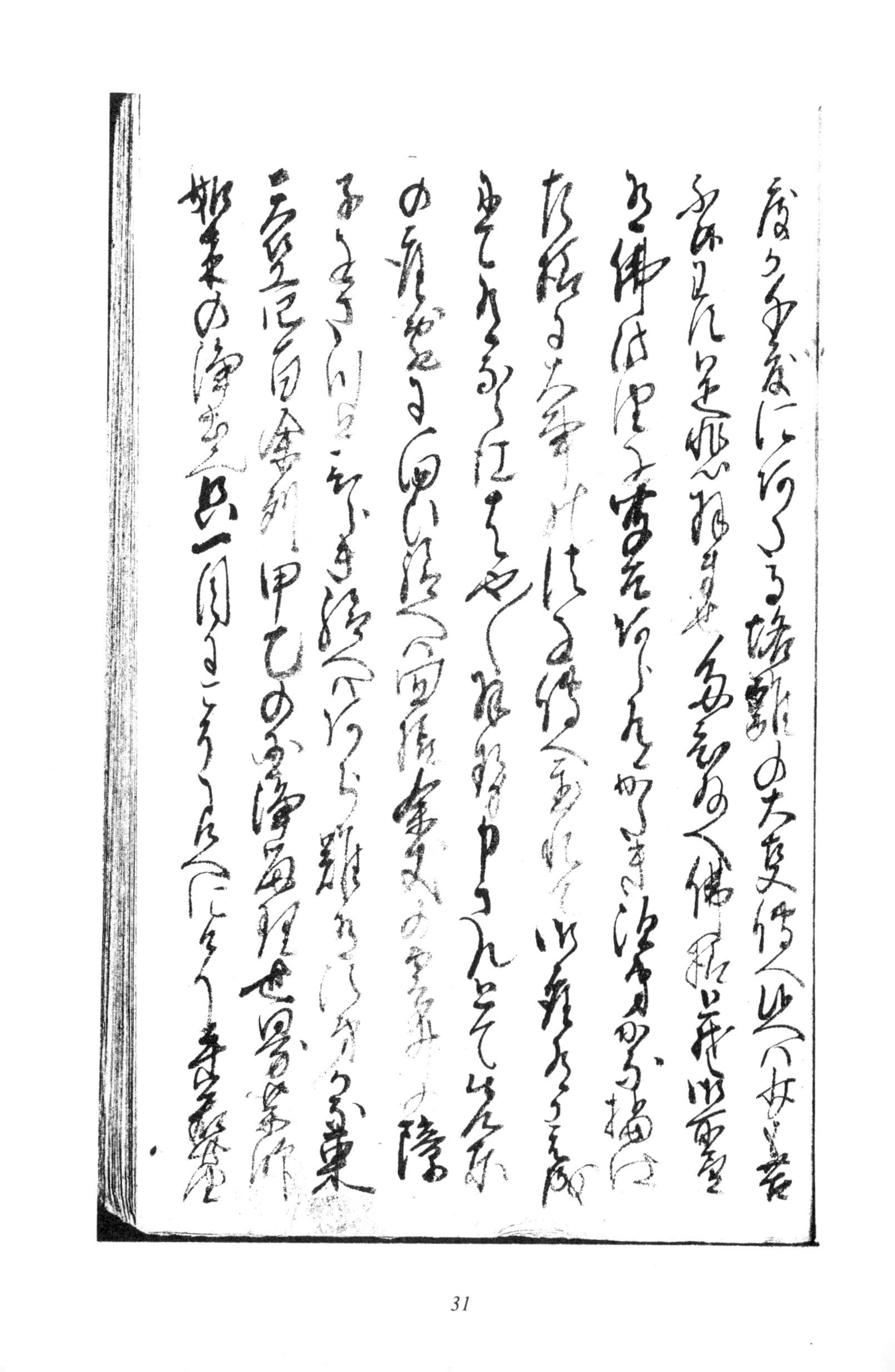

荘厳百識をえつゝしやうしはなれ南に向て
南無大悲六百億刹　雨下風吹て世界観音
浄土之際蓮華生　未来せんとにはあまね向ひて往生
六百億刹の雲井の隣なる利益を説給へは
行く有无く　無大悲六百億刹　唐土の安楽
世界所以従の浄土之此一門に往らんは
又北に向て　七百億刹　雲井の隣なる利益と
利すま縁し　北天竺　七百億刹　玉台の宝蔵
浄土報迎　の浄土之此一門に往らんには

年若[illegible]のあまり上方衆の[illegible]に[illegible]
此[illegible]若衆の[illegible]何[illegible]も[illegible]
[illegible]
[illegible]大[illegible]へ若衆[illegible]
[illegible]に[illegible]いか[illegible]
[illegible]
若衆[illegible]世[illegible]て中の[illegible]に[illegible]
[illegible]
[illegible]

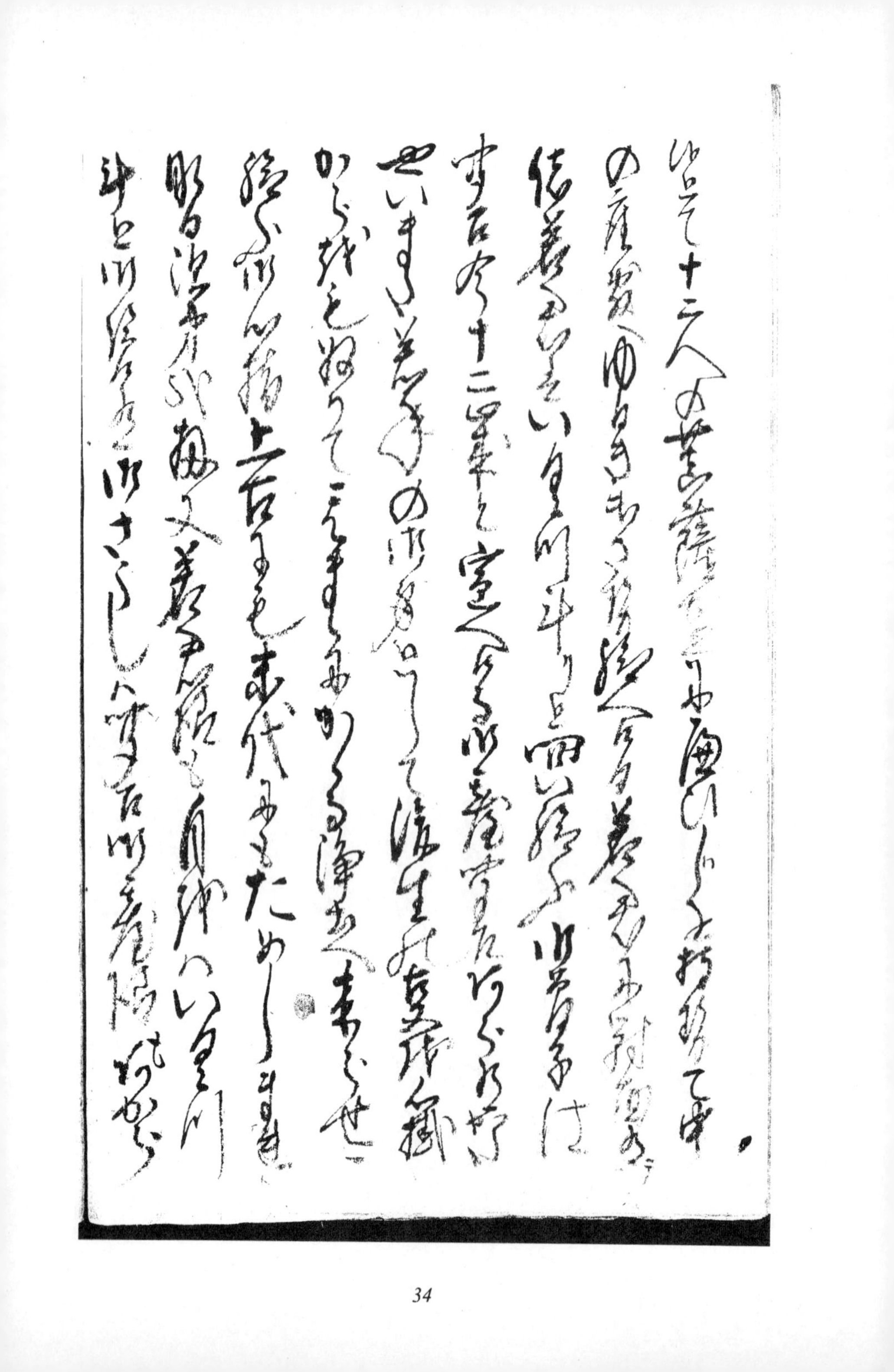

八十三歳八十あまりまて在世之比尾張守
あはれなりしとおもひしも弟子ともに後に遠
いかし二三年後かゝる世間小者あかつて六
かくもなきを見て中の浄土たちもの能なかなか
ぬて国侍かゝるに甲斐国右衛門尉八二楼
まきれ長者の子姫君かうる川前にて
二郎太夫有時芸ものに出家近保
浄見て後國母にたる神ゆ殿二千
国より二郎にいたし無常のこゝろとも

辻風と[illegible]くたつと吹と思へとはせ[illegible]かゝ
浄土へうまれんと[illegible]て尊たく[illegible]かれ
如くなれ共たゞ十念を唱ふは八十億劫の罪を消と覚えたく
[illegible]せし[illegible]に一字の徳かなす男女の
さとりぬべき祈りの六字の御名を唱て此念仏の後は浄土
渡り一心に善導念仏の偈の[illegible]行者に
[illegible]なすべし[illegible]の文義[illegible]
自他の浄土に常にまかせ大日経を[illegible]
ましますは一文の[illegible]にかゝる[illegible]

宮人ハ川東子宮にて一郎兵衛父義賢か二男の子
天郎きりて以て八幡の川かうちの道により 跡かきん
なり其父の川田にかゝる中故人かうハたとへ
湯殿乃ものニ二ミも死去ありて今ハあり
物語のため今之度々道すから所道之八川藤左衛門
報曽吾臣の程かな ト申て一段か沙汰二之殿にて以み八
誓ひ早く来ル猶以て八東ミ義の天狗屋こそ楽しく
と逆縁の便ゆへ目しの縁に伝ゑ渡ひ行ゑ
右ハ地獄に落し [illegible]

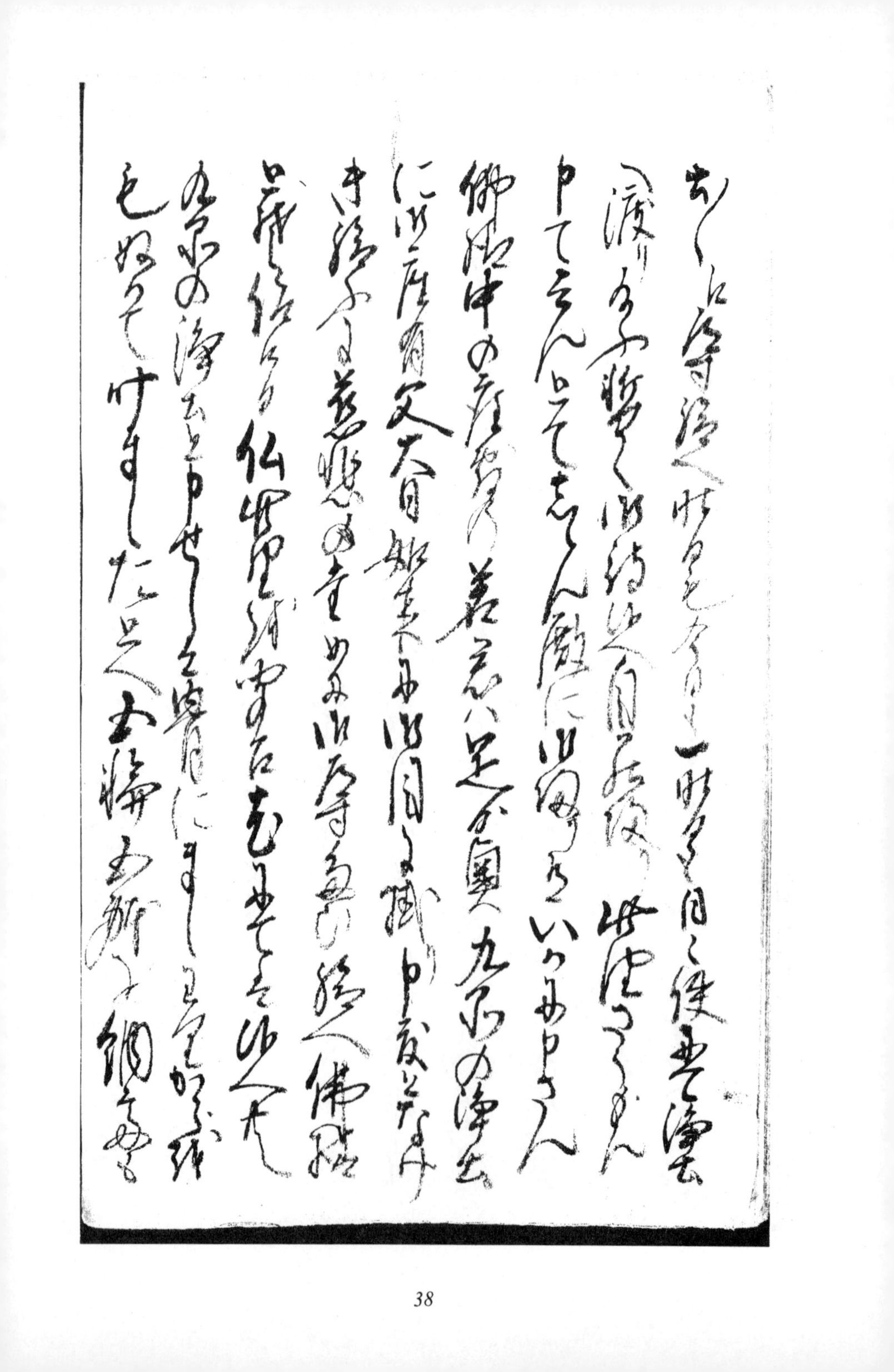

極てたとへ御祈被成候とも叶まじき事ハ叶まし
意ニ叶ひ被成候ハゞ此世の事ハ信仏ニ
も通ひ申しまじくやそれ程にいかゞ申事ニ
凡人の目ニ見る所ハ此義を知らぬ世ハ只迷ひ人の心
ハ知れ七情の事ハ難く心の学問ニ何を勝
迷を生し七情別を見たるの理ニ迷すれ
見ゆる此性ハ有ぬの形有るを見て
れし只品を...ニ天ハ心を...たゞ天地の道
に志もなく身の利を得利害のみにて

ましますに何の子細のあるべき候て思ひおもひ色
此寺に近き佛法を庵室へ八仏法中にて是第一なれ
かならず叶ふへしの小袖をもて書付候て八
いかなる事ありとも叶ひかへしとて十二の年経かれ
然に庵去二天王寺ニ籠り[illegible]の蓮花坊にて
天女同じくまいりて後[illegible]と同じく[illegible]
八幡所へ参り来りて一心の願まうし満願に至りて候き
枯木の前は一念にて咲せん事もありと
妙法蓮華経を書写して[illegible]の[illegible]

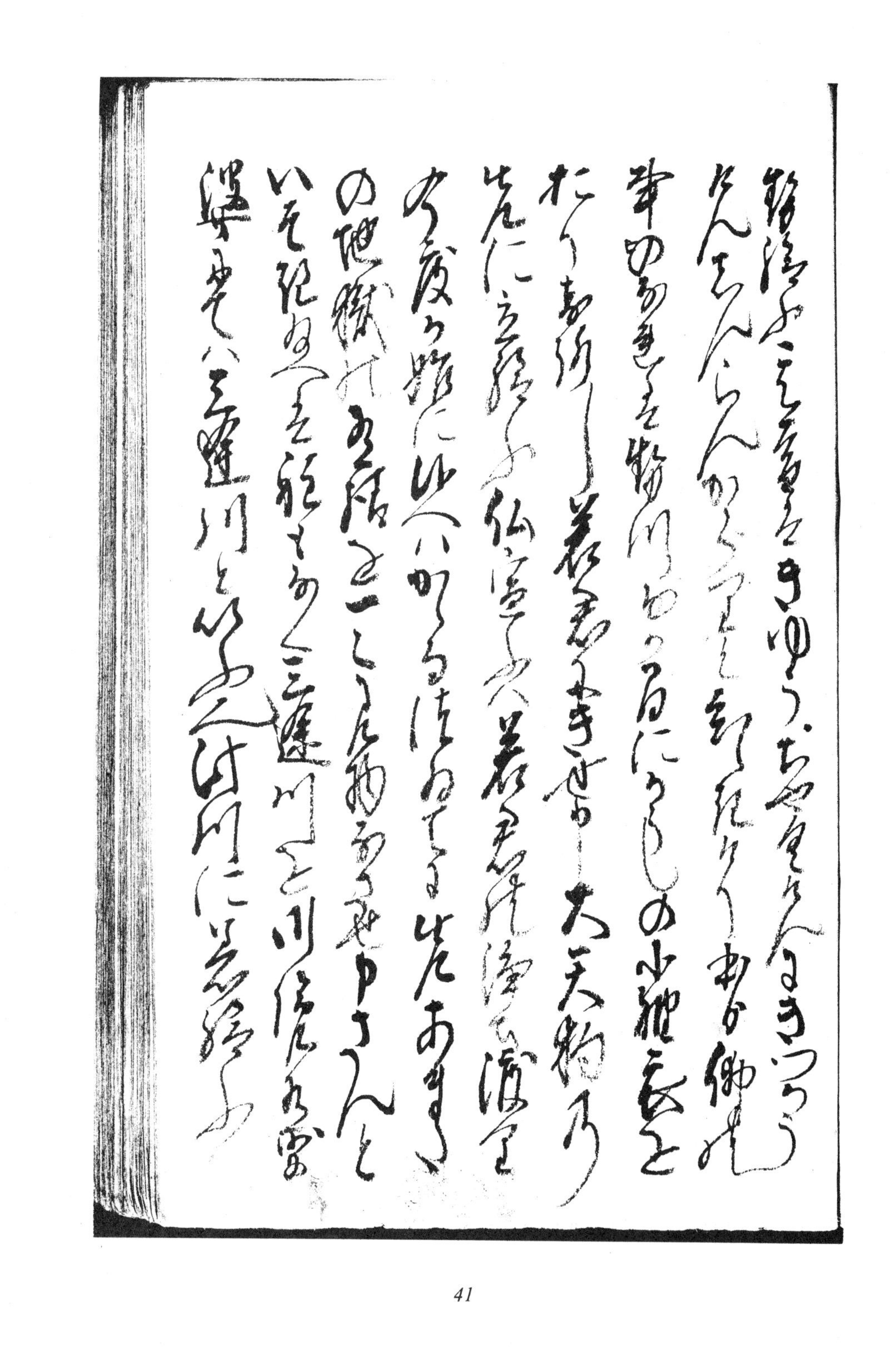

四段目

一 無言川と申せしハ上瀬下瀬中瀬とて水の

無言事[illegible]候て 一 無言川と八中とも申す瀬と申

此岩[illegible]へまん[illegible]鳥と申て瀬へ[illegible]通てずある

まず拝きてぞいふなかんと詩織れ下の瀬と

中ハ大蜘らも[illegible]み[illegible]舞のつらす[illegible]描きさ

[illegible]二[illegible]ますわ 瀬へ[illegible]通てハれつく

呑んとも詩[illegible]なく 供も瀬と中ハ[illegible]甘侍

[illegible]六寸[illegible]の[illegible]ひさ 四[illegible]武[illegible]金[illegible]

俳諧ニ遊たく思人の遊ル時ハ謹慎を守る[illegible]

道り修る風雅人の遊ル時ハ[illegible]

見果て識る俗ま[illegible]やうの[illegible]

也なる風雅人ハ古人様の跡をもとめ[illegible]

まけてたる修行ハ此胸[illegible]

かりしむる[illegible]ハ自ら[illegible]風情[illegible]

芭蕉翁西川修[illegible]して見[illegible]

の旅衣に[illegible]修行して[illegible]

我からも前ハ風雅[illegible]此道ハ[illegible]

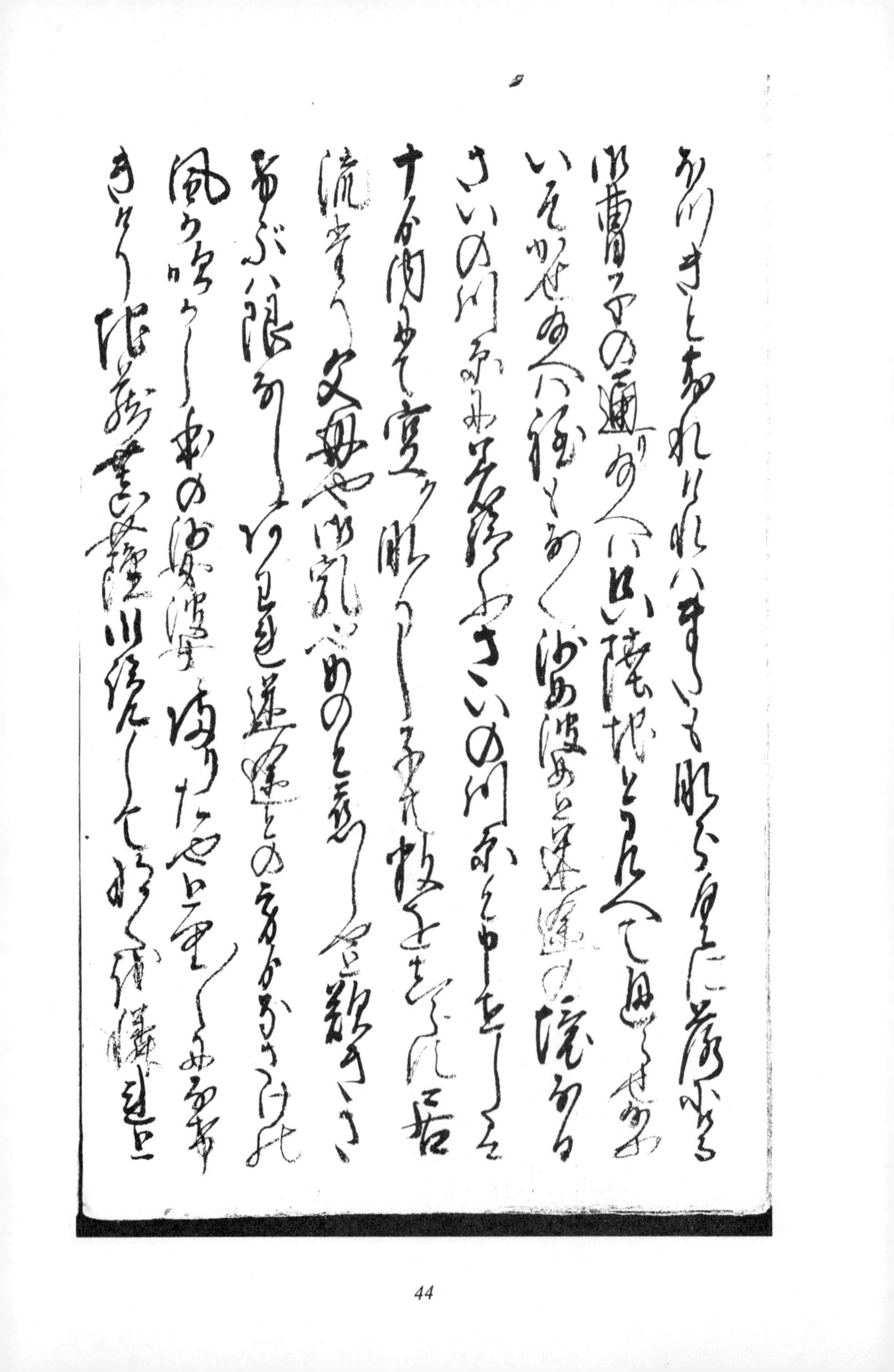

かりきしあれりはハまりにも[illegible]
御書づけの通り[illegible]ハ此[illegible]
いさかなるハ[illegible]御安[illegible]
さいの河[illegible]さいの河[illegible]
十か所[illegible]宮[illegible]
流[illegible]文[illegible]御乱[illegible]
[illegible]ぶハ限り[illegible]
風[illegible]
き[illegible]

と言ひくさらんへきたゞおとなしきハ石を拾て塔
くおもかさねにハ花結ひ結びかゝりむすぶ人こゝろ
候ものそれ石一ツ組てハ父のため二ツ組てハ母の為
三ツ組てハ諸仏のためゑ向せし我身ハ私
兄弟者ありしを逆修の為ぞ後々後秋取持て
組たる塔を崩させ花し　積する苦を嘆らし
〆て涅槃に赴さんとする悲しみ世理の候て
見るに鬼共来たりとさへにきちく扱ひ
まをわかのありをむなしくへ父付そ其こゑもしきて

地獄の沙汰も金次第付我も触れてたゞ語りへは
触あまりて云路行のみむかし九品へ何ても云ふ人
風情之地獄出現見る我に御中の御座候に
有時の文出て見ればそこは何たる事なき也
誹ふ事共出而云事を心得して見れば何の地
獄の上出国有大天狗の字名の色はさいの
川原上中て有る所の地獄に十字あり
其ぞ見る事諸生に罪人さも罪ひ
作る罪ぞ浄土へも行に地獄にも蔵の御座の

上逆遊の境なる古の川原に清流てを松小若葉を
寄りし歎く沙汰深める有りし時旅人一来りて名所
し出る我見るのが元の梅まで見ハ子共の我行まりて
何のたよりしに名字もなりて一郎子の名残ハ一
て手向しうれ花落そ中て手向神え花落法
再興されし一子も様小法れまた花落ちて価
連付地名調并ハ法れなりて三子しにやさうて
え附子れ一文れて後の年もし跡なり　次第
ハ常に記しおきし付録のえその山側にかと

し杜塚生の宿也此外に佐川の庄小笹原と
云てなんの出て候よし又羅漢の面の付は鶴川か
からち内八分宮の後ろ山上へ引て天が香
も陸る地ひか佐野も陸るあひゆて御覧被成候
て由難るた川のかけ ことさん有がり風よく
まる時雨て梅も花は茅の咲時は宜開
酒のき追て旅の宿に春二月の月の雲出候故大風
に吹くちらさえ少々もあまりむさ候へ共御覧被成候
いまく又るとなる様にあまり申候へ御覧候へ共ちるるかな

御坊様ニ申時後生所望ニ頼ミ御座候ハゝ
とて六文くれ申せと頼したる者ありける
たゞ川をわたる僧もかゝる事にて地獄よりのかるゝ
御菩提のため給ふハ山笹を折りて何かし
給ひける九十九個の寺の本尊悪人閻魔のてに渡し
まゝならん御坊中ハ後生菩提の通る時悪人
急ぎ参らんときゝをかしとて二度礼し御坊
御坊の通る時ハ悪人閻王を始め海ハ宝珠悪人
をこなひ侍る寺の人ハ罪を請けたる悪人まれ

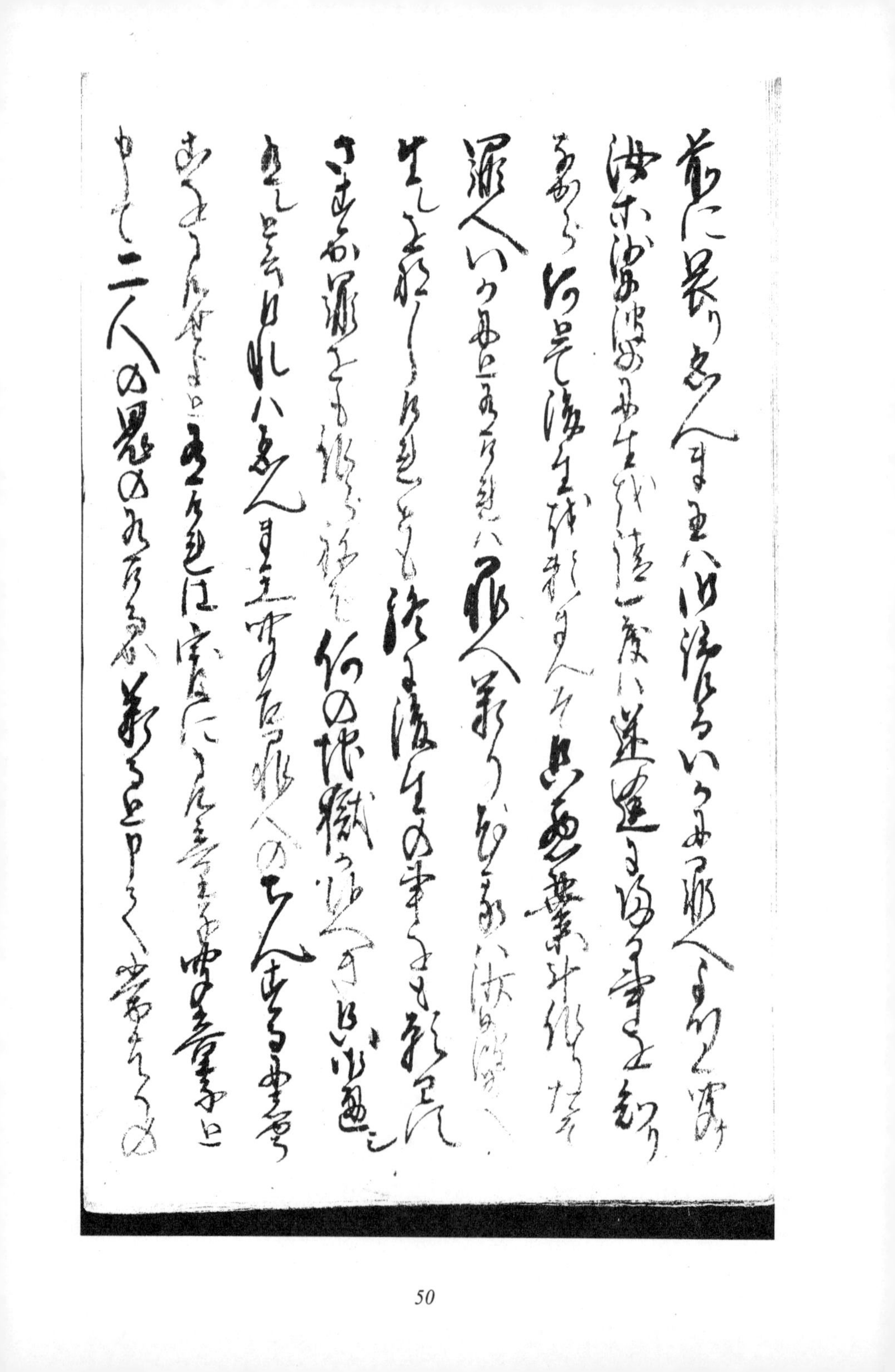

[illegible]

誹諧和[illegible]ハ[illegible]へ 漢[illegible]ハ御当[illegible]にて[illegible]の風雅

[illegible]ろ 実なきそ[illegible]こそ 誹諧の面[illegible]

見[illegible]色ハ[illegible]へハ義[illegible]新古ハ[illegible]有時

諸人しのかなしき[illegible]逢遊[illegible]常[illegible]めつらしき[illegible]

云[illegible]る様ハ淋しみて[illegible]ゆるこゝろ誹諧女の見[illegible]て

なこ[illegible]の枝[illegible]て何気を何ゝあそ[illegible]のる

たかな[illegible]風雅みちへも遠しの[illegible]

[illegible]風人[illegible]よくもなむなて八[illegible]

身をめんを[illegible]見物[illegible]ともいふ

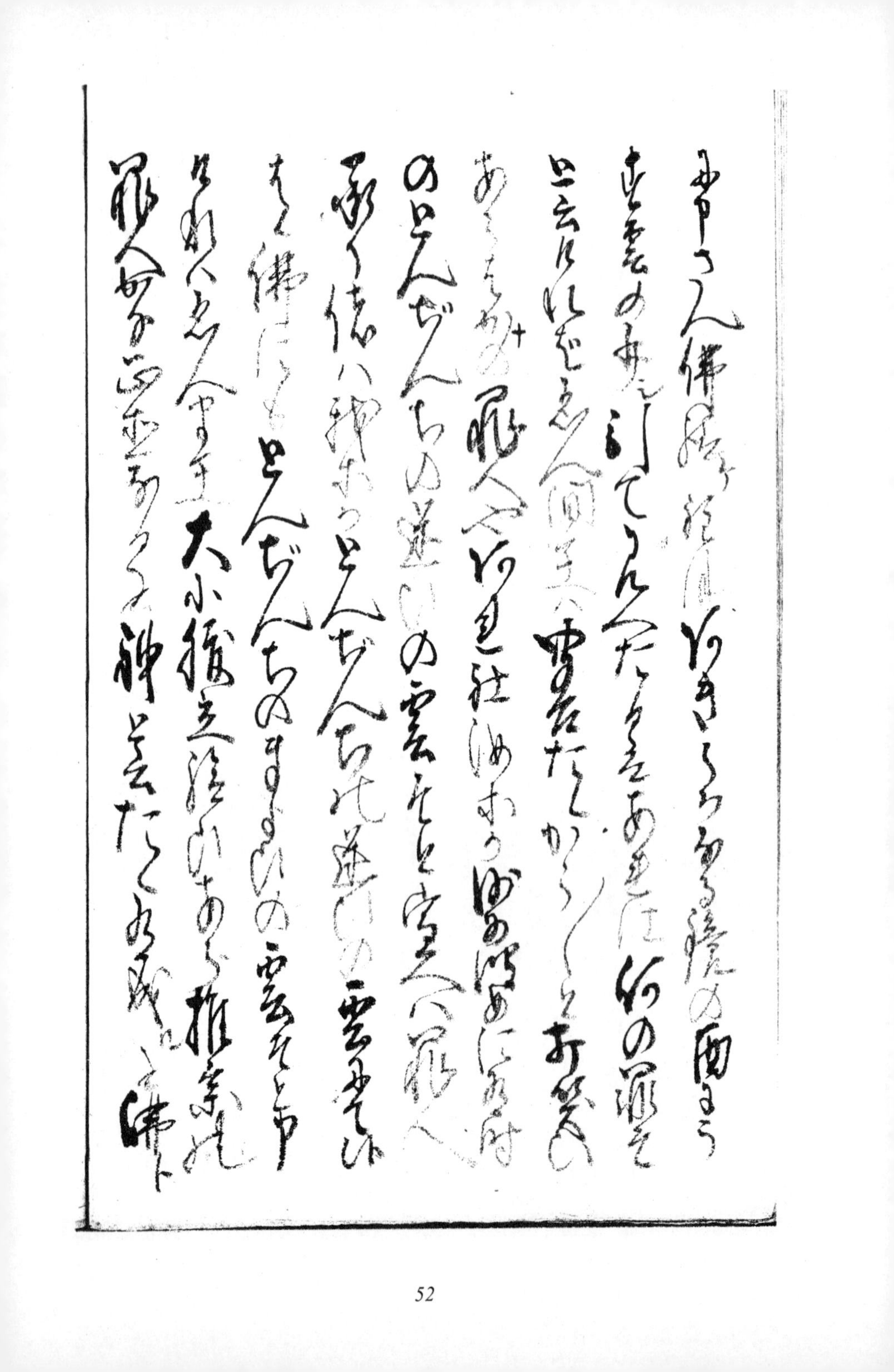

みなさん佛経は[illegible]の國より
来[illegible]のあまり[illegible]てうんたるをあまた[illegible]の[illegible]を
出云はれども[illegible]人[illegible]雲[illegible]名たしかにしるしおく[illegible]
あくちあめ+[illegible]ハ[illegible]社[illegible]の[illegible]
のとんぢんちの道[illegible]の云[illegible]宗[illegible]
[illegible]ハ[illegible]とんぢんちの[illegible]の云[illegible]
[illegible]佛[illegible]とんぢんちの[illegible]の云[illegible]
[illegible]大小[illegible]
[illegible]神と云たて[illegible]佛[illegible]

いゑゐ也侍にとんちんちけみ多ゆそ家くなくなく
見をゑうないといのちに一段（段）をひえた宝にうち
ハ人の宮ちかく住（侍）ちいあかかゝし宮
人の涙とそそむさい き（尾）くみちに一も遠く
あふひきをうなゝひ さうかいのこゑして科かゝめ
さえし侍けるかいつくや申たもあそひおさゝ
てまかりたるにむかえゝ ひと人さめの涙てみ
おくそ川のもとにてさつ たれ所もしとかつゝを
家にきて侍のん 姓佐川とかいふかいつゆかくつん

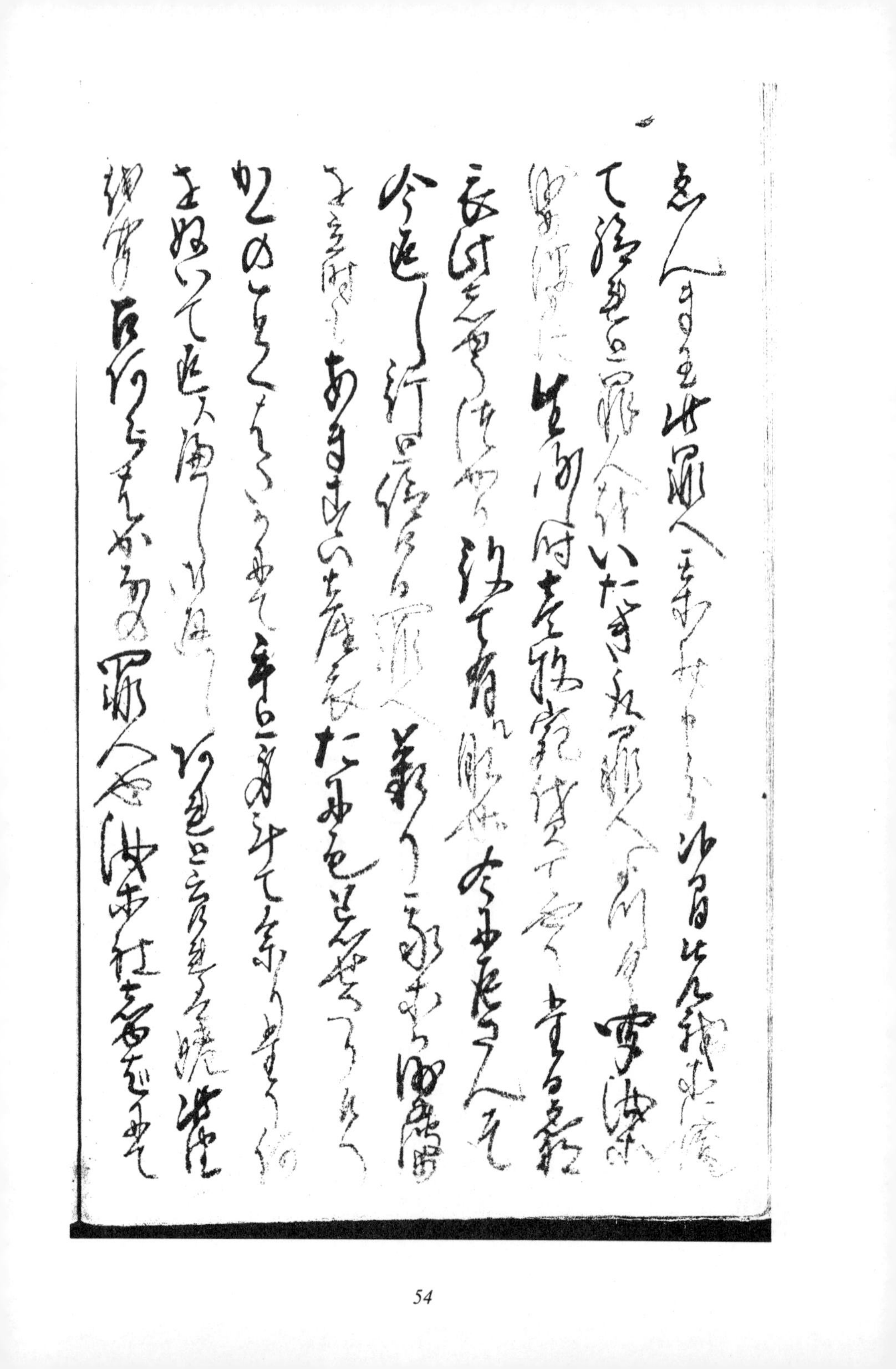

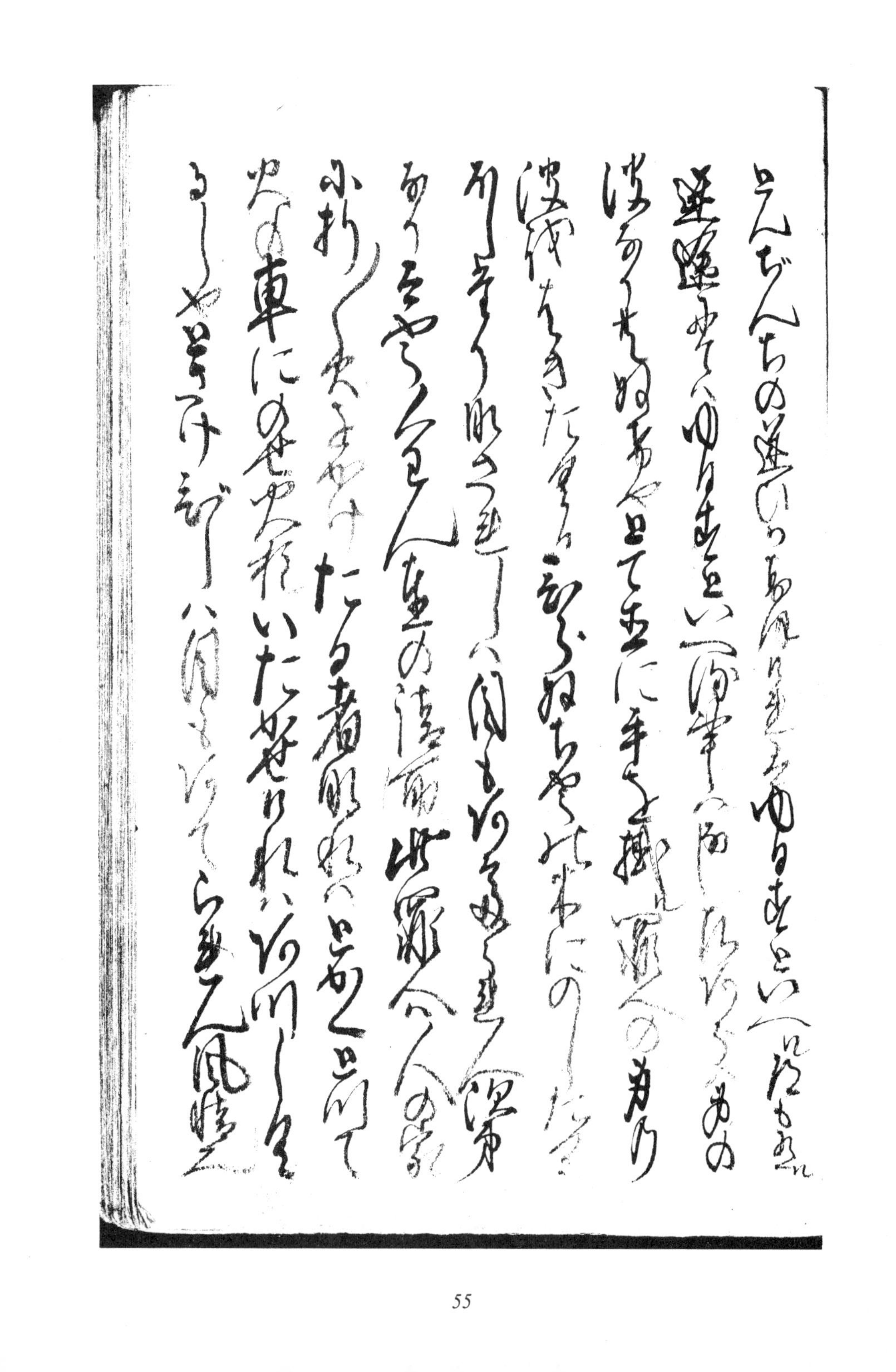

此冊子ハ此絵にてうかゝひしめてたきことに候
佛せ母も極楽往生いらく池の地獄に落る子
之嘆間
池の地獄の中ハ鬼神多集りて罪人をいましめ
叢樹 きよめにて[illegible]毎日責誡しむ
殺生せしものあまたに行地獄と聞めす大天狗ぞ出
池の地獄とかて[illegible]皆人此様を[illegible]
一度ハきゝよる様子を見ゆるて三悪の苦しみ
[illegible]行る所[illegible]地獄に[illegible]

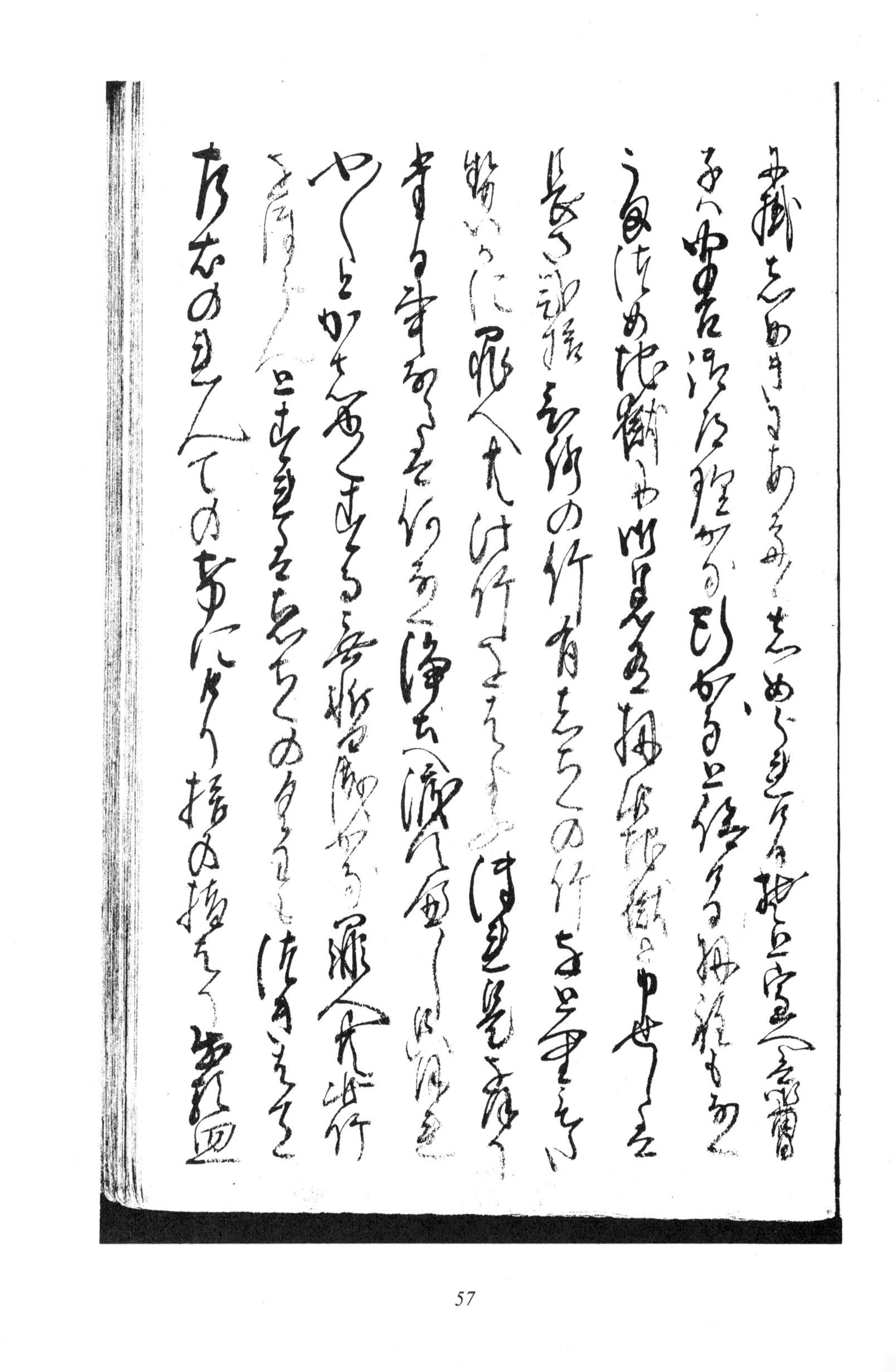

ハ其紅の糸緒みじかきはさきにそのむすびめあり
念佛申さぬものハ魔道に又おちるべし
殺生せし者ハ三途の川の地獄とのあしハたゞ天狗世
ひきを波羅母みてあ経はなれ付けゆへらたん
し地獄のちよもそこのなれ神の光をまた
ごき佛法の事の国によりける所じ[illegible]
邑ハ父母[illegible]おはう清るもの[illegible]
てあにへたにまでゑ[illegible]たち[illegible]
るや[illegible]ハ中岩ある[illegible]殺生せるもい

其外餘の人ハ後をいて罪業地獄に落ちる
いろ〳〵地獄ありといへとも罪科ふかき衆生の罪をたゝ
隠してさく随分ありといへとも慈悲の心なき者は
せめと殺生をするむくいの者はへ大悲心深
のみにもさたまりとて候よいのちあしく
信あるものは殺生を殺生の地獄におち
甚しき大天狗ともいのち八寒地獄にして
御坐候ゆへに御身菩薩もともにあはれみ候
御法をかへし候まへもちて足に花

此繪ハ無量道理かある事ニて無量無邊ハ
罪もなくあらたまりし地獄ハ八萬地獄とや
せしを罪付るもの年月ニ罪付る罪所
罪業を萬劫無量にもがずとぞ菩薩
語りし御詠に因てをわたりて離れ清浄御録ひ
此女一度存在の女人と生れ一しくして無量なる
殺生の地獄をおかしても無くば絶えざる
にてもつらしとも言ふ血の池の地獄
の中の女人をば鬼神集まって縁無数

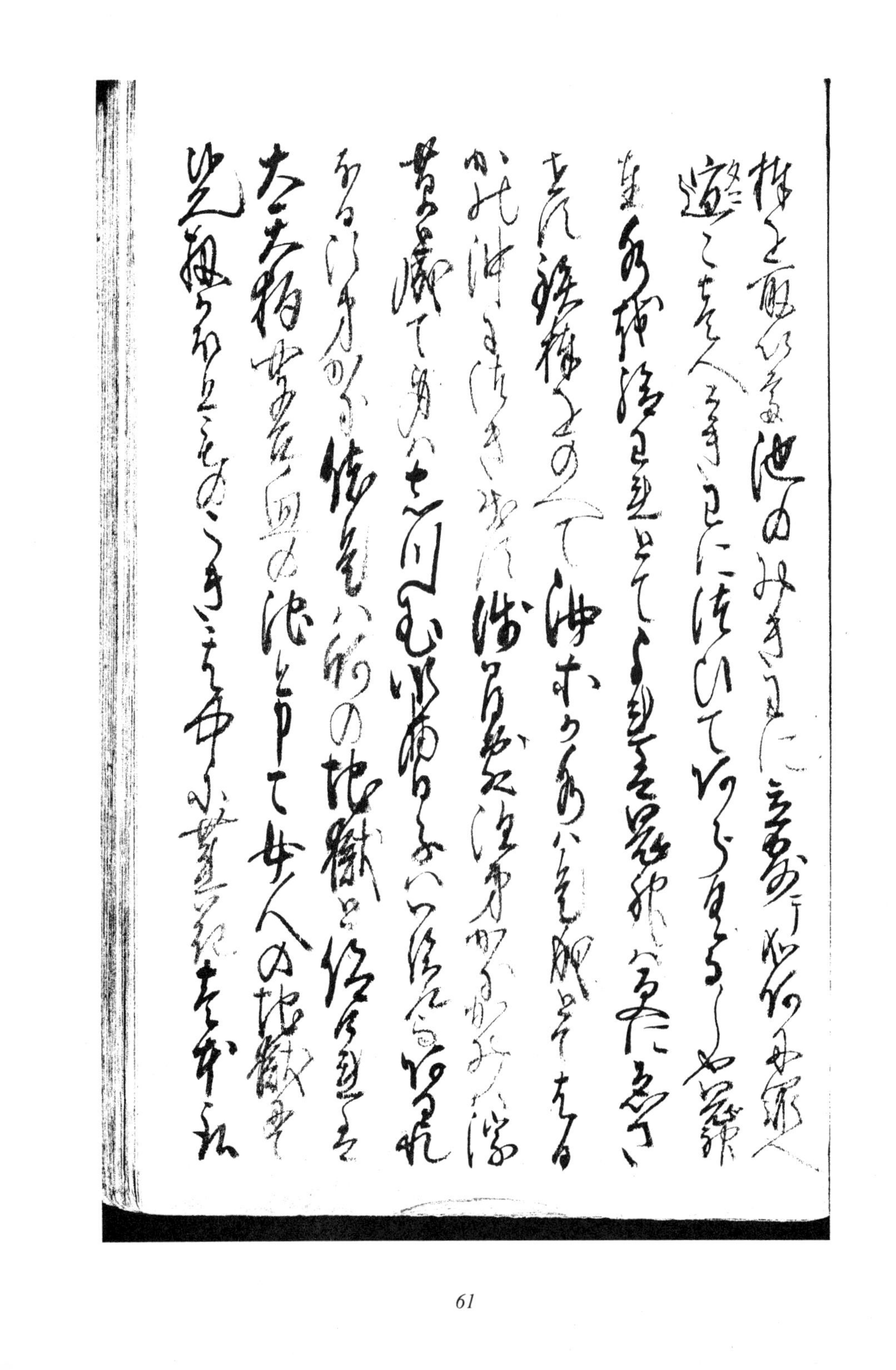

様を[illegible]池のみぎはに[illegible]
遊[illegible]人[illegible]足に流ひて[illegible]
[illegible]とて[illegible]
[illegible]の[illegible]て[illegible]
[illegible]
[illegible]
[illegible]の地獄と[illegible]
[illegible]池と申て女人の地獄[illegible]
[illegible]

[illegible]

[illegible]

[illegible]

[illegible]

[illegible]

[illegible]七字[illegible]一切経此一事に

[illegible]妙法[illegible]

[illegible]

[illegible]

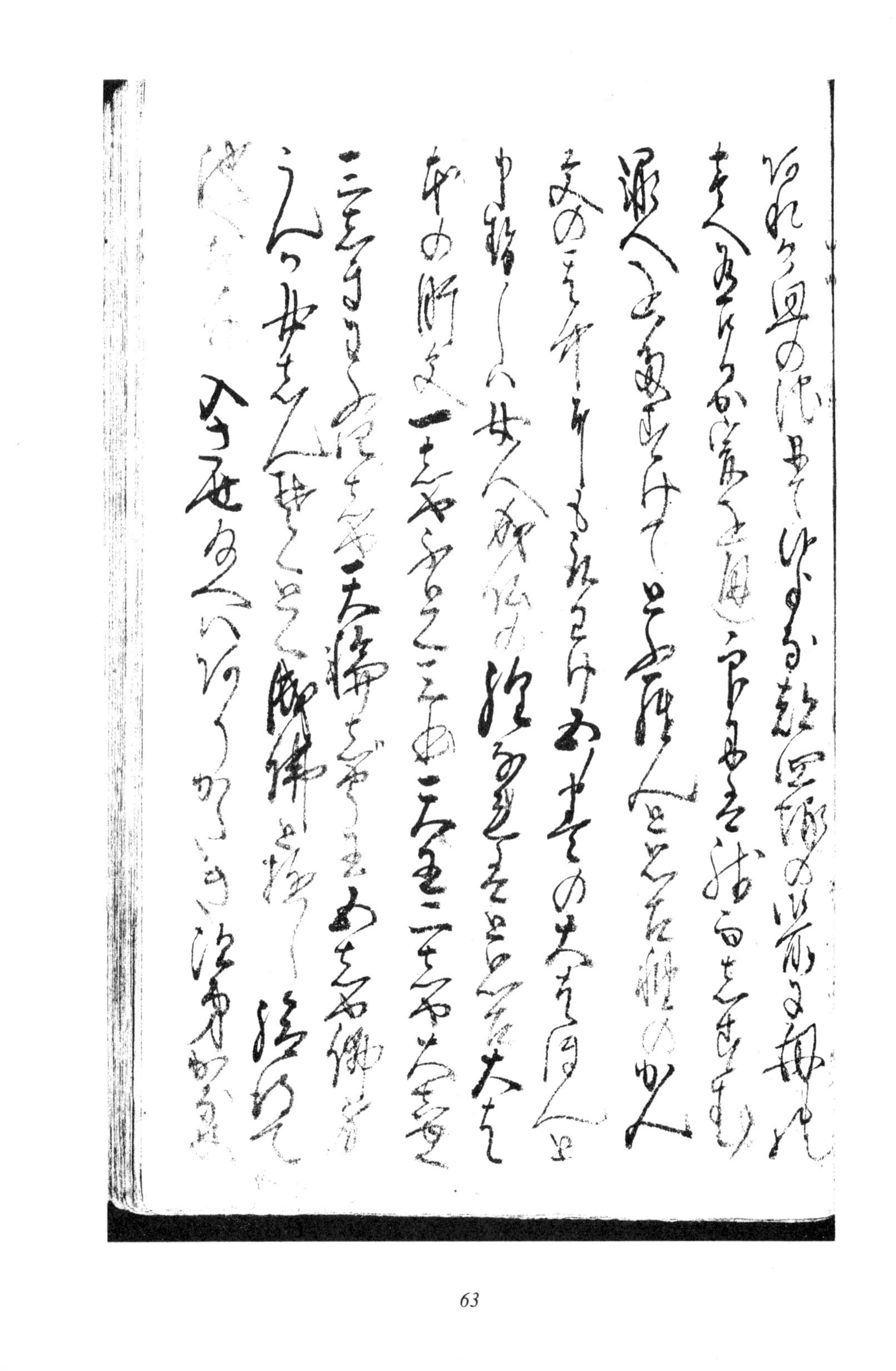

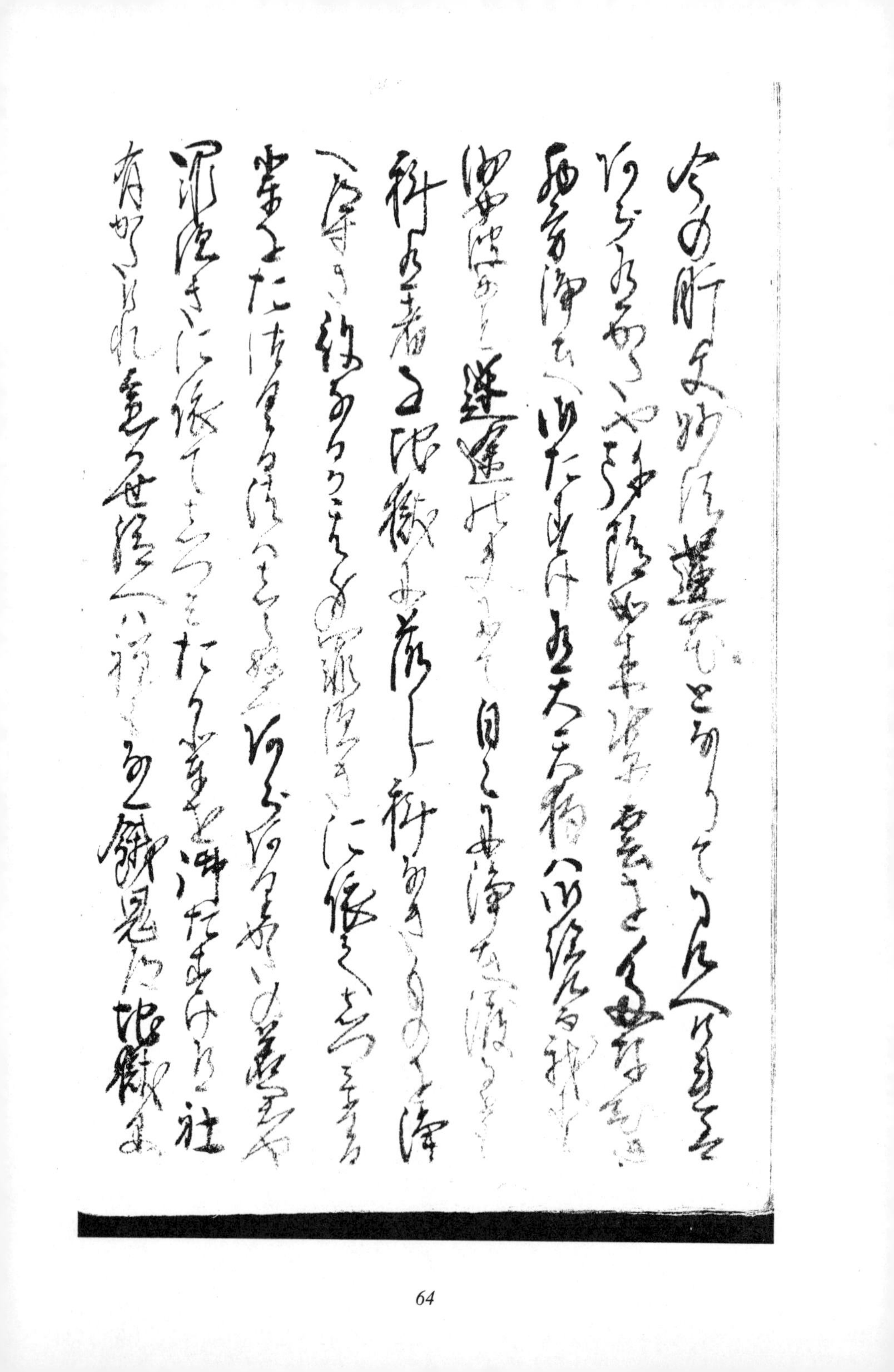

付けける日此地獄の中せし□とみなさい事ハ無きに
事とて餓鬼の身となりてさふらひける事ハ餓鬼となりて
も後生に候へハ餓鬼道の中に候てまさに候ハ事にて一期ハ
かやうに八つのめやうに候て御事にて後生御事ハ
候ハヾに候て一歳となりて餓鬼になりて候ハゞ
候ふなるかきのかたまりに候ふ母御のなりて一歳の
様なれバ何とも候ハゞ餓鬼の身となりて候て
又ハ夫にて其子もなくて候へて
為に御子のあまりにて候ハゞあまりに餓鬼

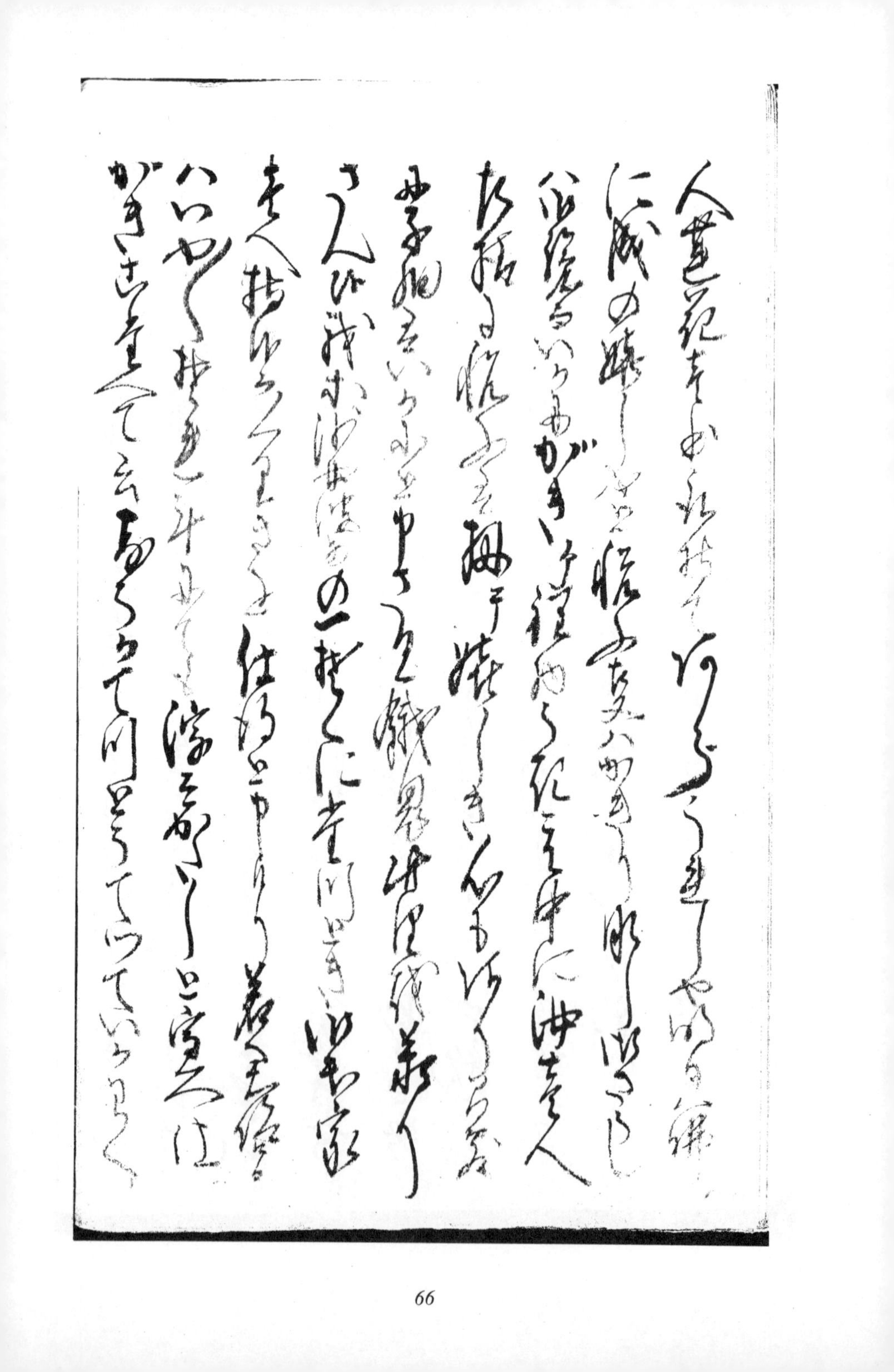

一 予宗門ハきこうなく天を甘れぬ者是ニ付ぐるい
尤に如来仏を信じあるまじく候ゆへごゐらう
御ひのはとけうとこ如来を墓すくに薄
守在あふれきかた紀る所にれなれは宗
通せ給ハ書き給ふ地獄に付のこ書ら消て
地獄に申せしハ鬼神大将なるべしときごき
あらきさうきし風ふけらいつれちんきうと
教母の罪科につきこ千八百金をみて
去此京ま了取人大かりかゞ説帳なるまつ涅槃

てとめ〳〵のちるは程能なくたゝきうまほ
さきりに时をたつと陽取何のりたかるへ合戦
中に此所に籠る文倩むれは我と大力をまもく
猿き弓手の猿子刺しに集う手とさきりしとりす
弓し在し日猿ん一掃を猿十文字に切て
さゞ上るめんて多くめし〳〵へ〳〵に切てのき
我と我がみをかけまはる所に此井波ひめぐる時の
たいこ打を修羅道に付る此一时のくけんをみ
かゝとやいゝ天も天へく火の雨降り隆り座

一　寂か老て咲かせあり／＼　終りまてなけの菩提の将
ことなつて名にのそく　声々の大般若を声毎に
ハあいよおこなふ　風かきあけ喚ハせん／＼けんの法を
経を擲ち和合　六川をもってこゝ之人の為に
割りて三千八百巻の　並外にかり出し　説法を
秡ふ立けてあめのかみの　大般若をからし　かれと
つきあふに呼ハ出し上け　あめのことく合
戦のけはしさ人のこゑハ地獄のかけ　羅漢る行をあれ
祈しき　敵生の方にわかれ　あり　地獄めてはてれ

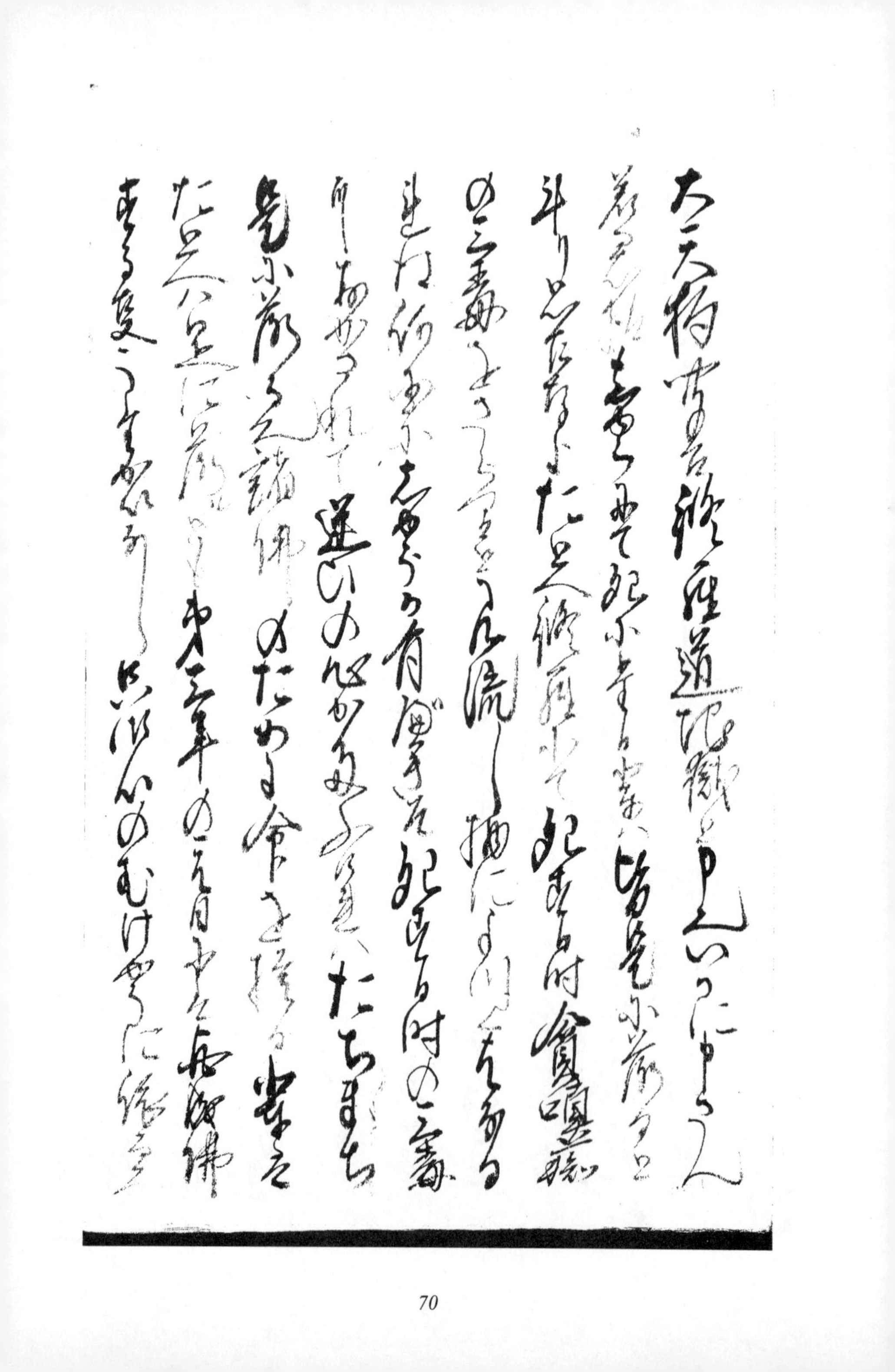

[illegible]

[illegible]

七ヶ條目

[illegible]

[illegible]

[illegible]

[illegible]南無阿弥陀仏[illegible]

[illegible]

[illegible]

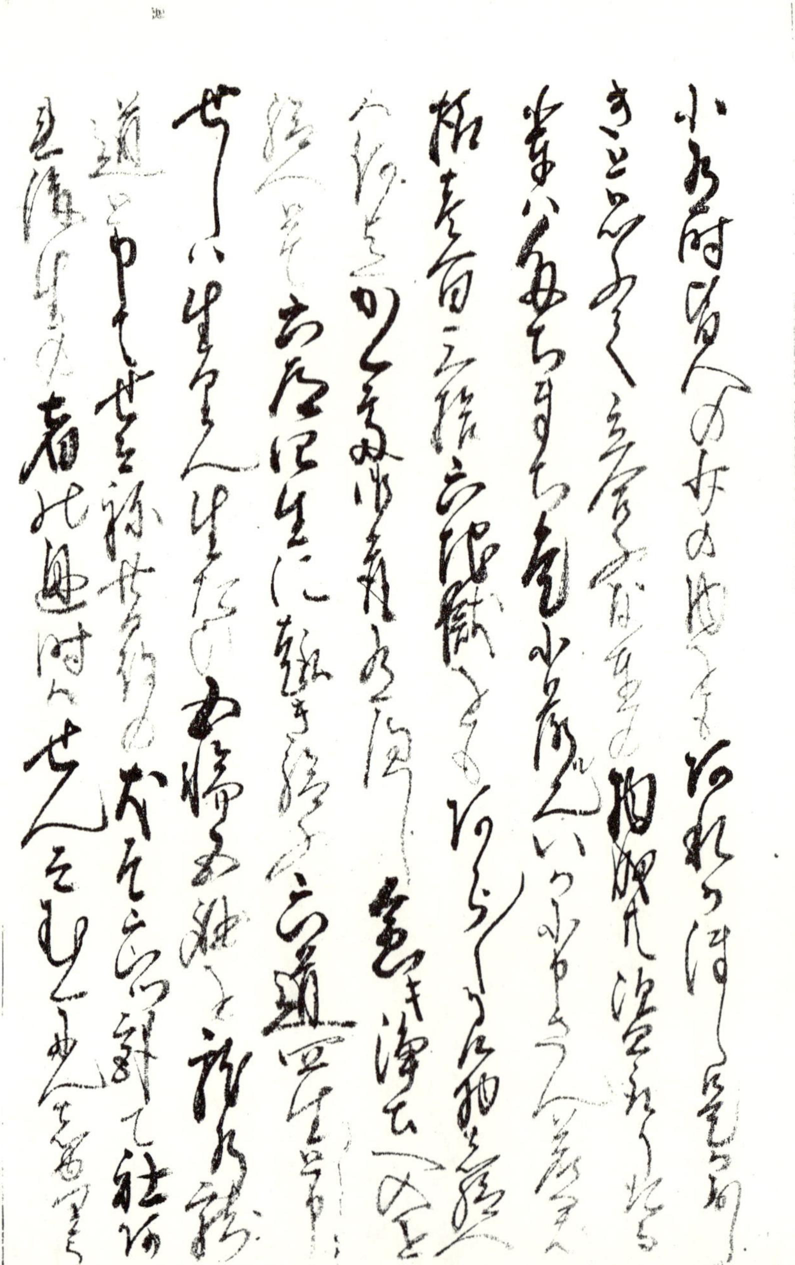

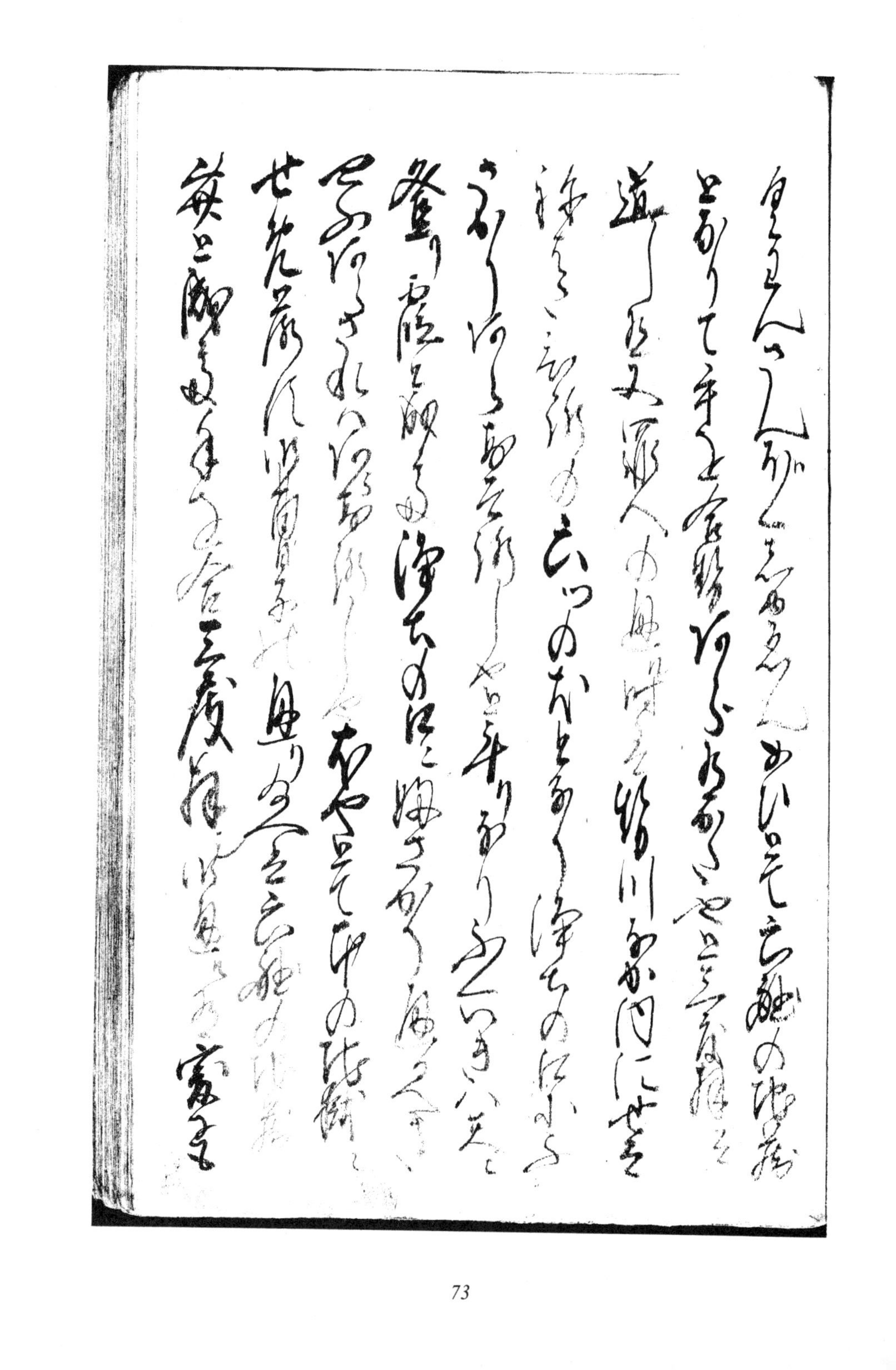

道ハ又六極楽の前を流るゝ河の阿弥陀河にハ宿
給ふ此川ニ而ハ悪生の為に此極楽に浴
在之橋ハ鐵橋の在る残ぬ地獄ニ三途の川
の川在迎ニ出る給ふ事なる遥
ける又衆人ハ悪に生る時ハみちハ安楽か浄土に游
ぬことも地獄の悪世を鏡川をうちふ洗ふ也
本の地獄よろし　落らるる者の池に
ハ悪あの業障を在り近め悪あらて極楽の橋ハ
なり衆の道りぬの浄土へいらせぬへられけり

しかれバ申すべくハ何か至るへし

八葉図

夫中ハ発心修行菩提涅槃ハ

四ツ之門発心ハ東ニて宝幢如来之修行門ハ

八南ニて開敷華王之菩提門ハ西ニて阿弥陀

如来之門ハ涅槃門ハ北ニて釈迦如来之

門也行者の門ハ入る所也中台ニハ大日如来ニて

縁ハ慈悲方便也外胎蔵界ニ有外

小発心門ヨリて修行門ヨリて菩提

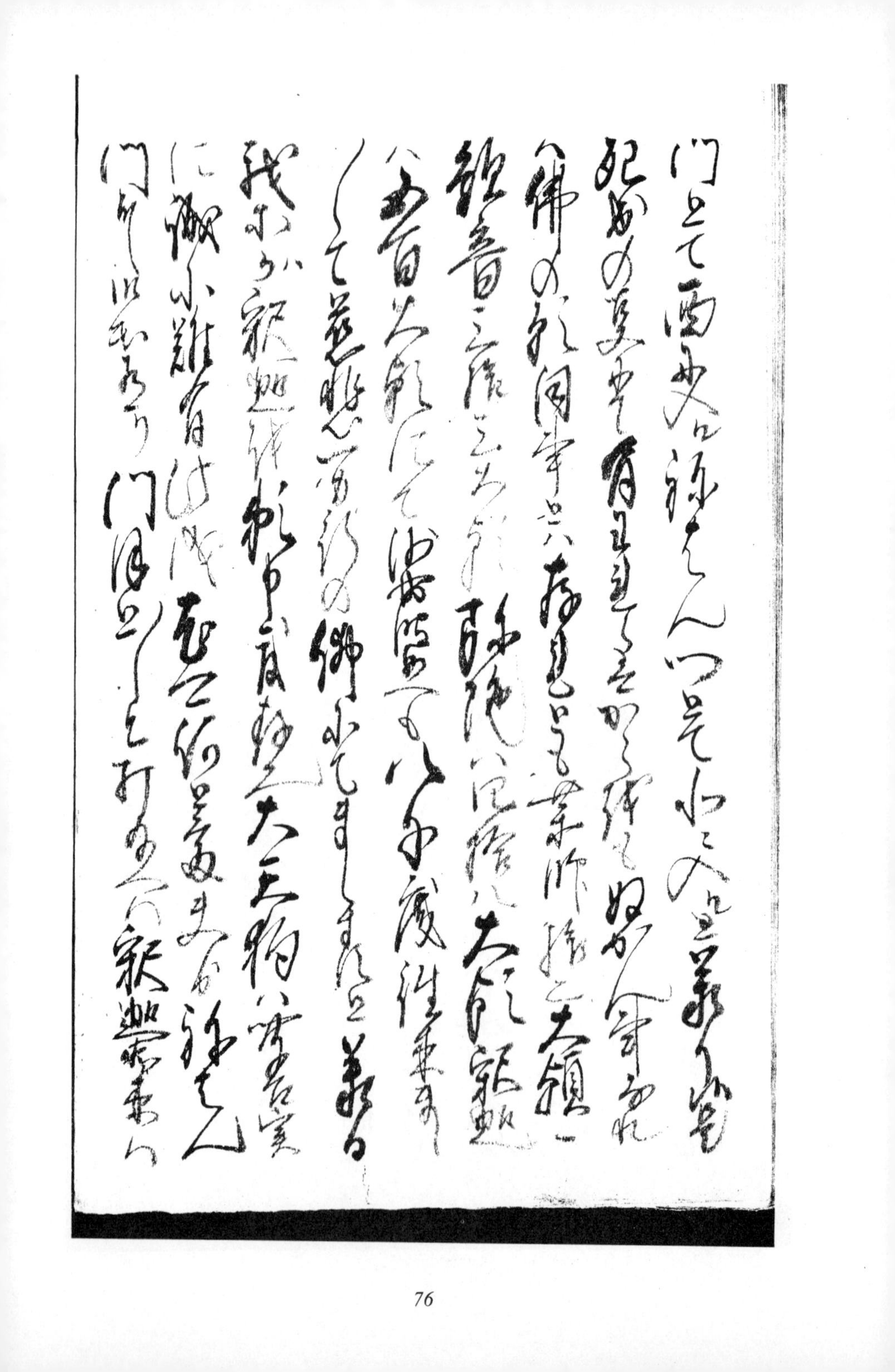

たまへしと見えたり給ふ大元帥法なとの事を
御修法と申は上の流にまかせ御修法也大元
帥法は内裏の清涼殿にて仕候御修法
門跡…御修法…かたに
付て…修せらる御修法也
の門…御門跡の御在所にありいつれも
…御修法…
前々…人…
有り大事の御門…

書[illegible]ハ大天狗[illegible]

[illegible]門の[illegible]いかにとなれハ佛[illegible]

[illegible]ニ[illegible]時ハ

[illegible]仏門[illegible]

[illegible]あれ[illegible]中[illegible]佛[illegible]

いかにとなれハかの大天狗也[illegible]

[illegible]ニ日[illegible]沙[illegible]の大天

狗[illegible]仏門[illegible]利[illegible]

[illegible]ハ大天狗ハ[illegible]利[illegible]道[illegible]

並て能ゝ言葉として云なり商弁は作門の書あり
に書すせなと云門の離と云事也ハあるまゝ也
時を云字をハ二字を書とは二字書も雅情にと云
云なり二なる是を加和と云字なり二離門の離にあり
しと読者もいふ文字の作者也言もへきか
なけれハ世離の文字そひていと読ま云字歟
同様付言と云字を再様付情と云字に脱
ことも雅言と云字に書し畳来たし之は
また作ハなる有無也本たかて門の書下のと

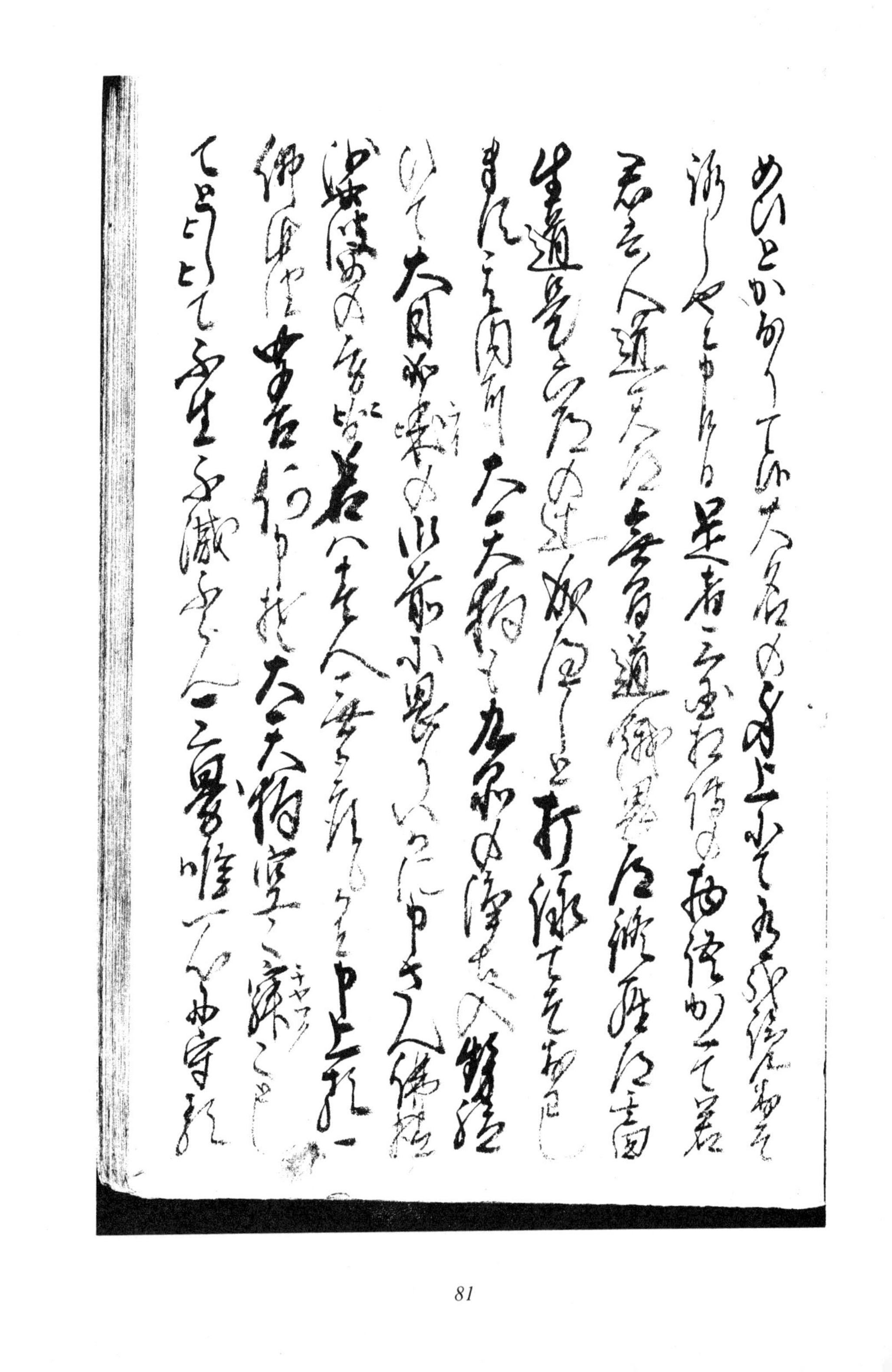

大日つくりを持給ふ太元帥ハ帝釈の佛もいますハ
其ハ以ての外しけれ　さて子細をいふ所に佛をいハ
え其すゝなか佛上ハ比社の毛の仏様をおそまし
ましけれとも　清和源氏の大将たる
ほき義朝の子にて頼朝ハ二の頼朝ハ嫡子也
源左馬頭義朝次男をまたなき三男に頼朝
悪源太ハ頼朝の次男の孫也　かのかたの頼もしと文
頼朝ハ二の宮をかへりいまゝ
若として二人ましましけれハ二の宮を継

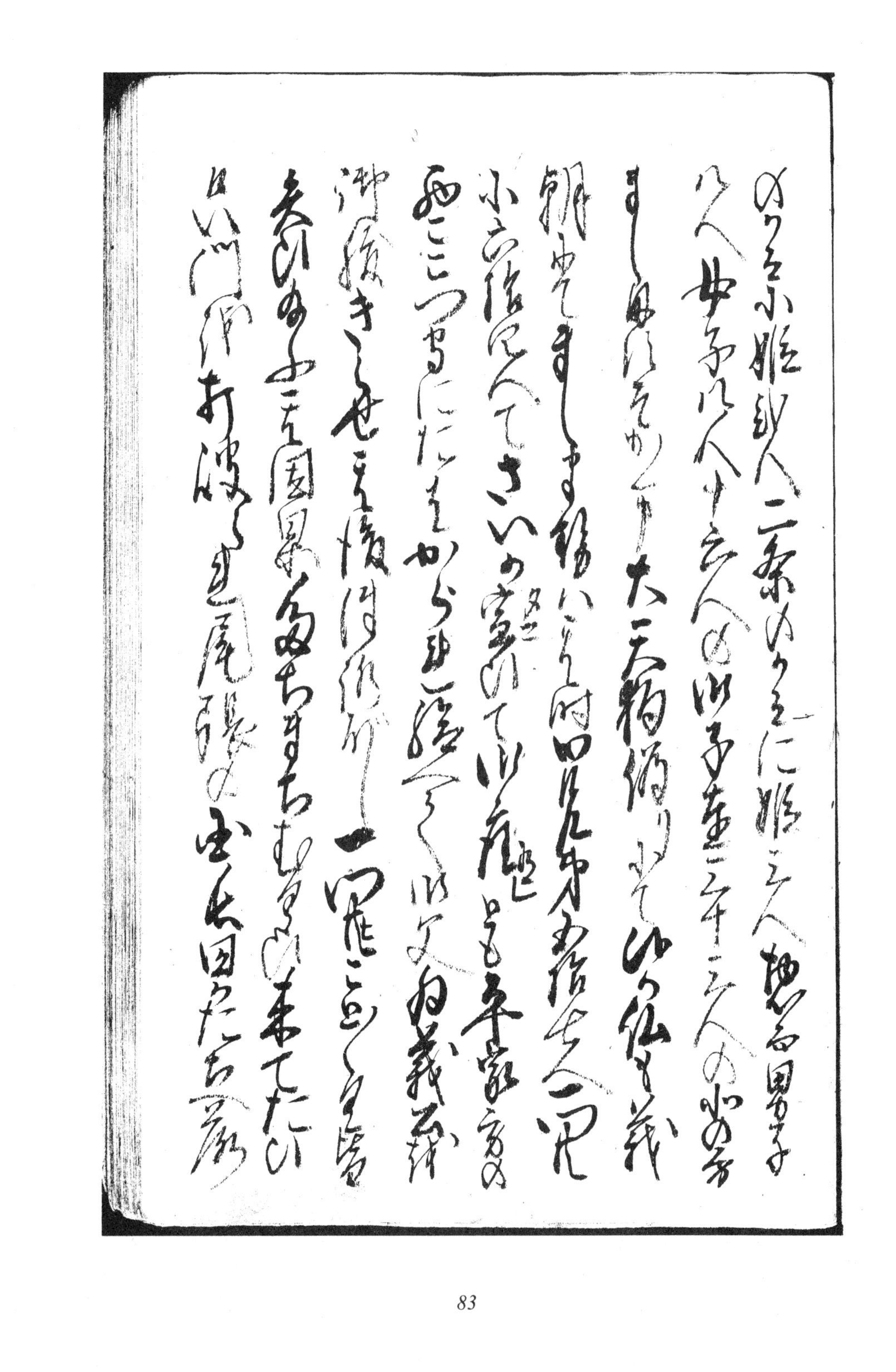

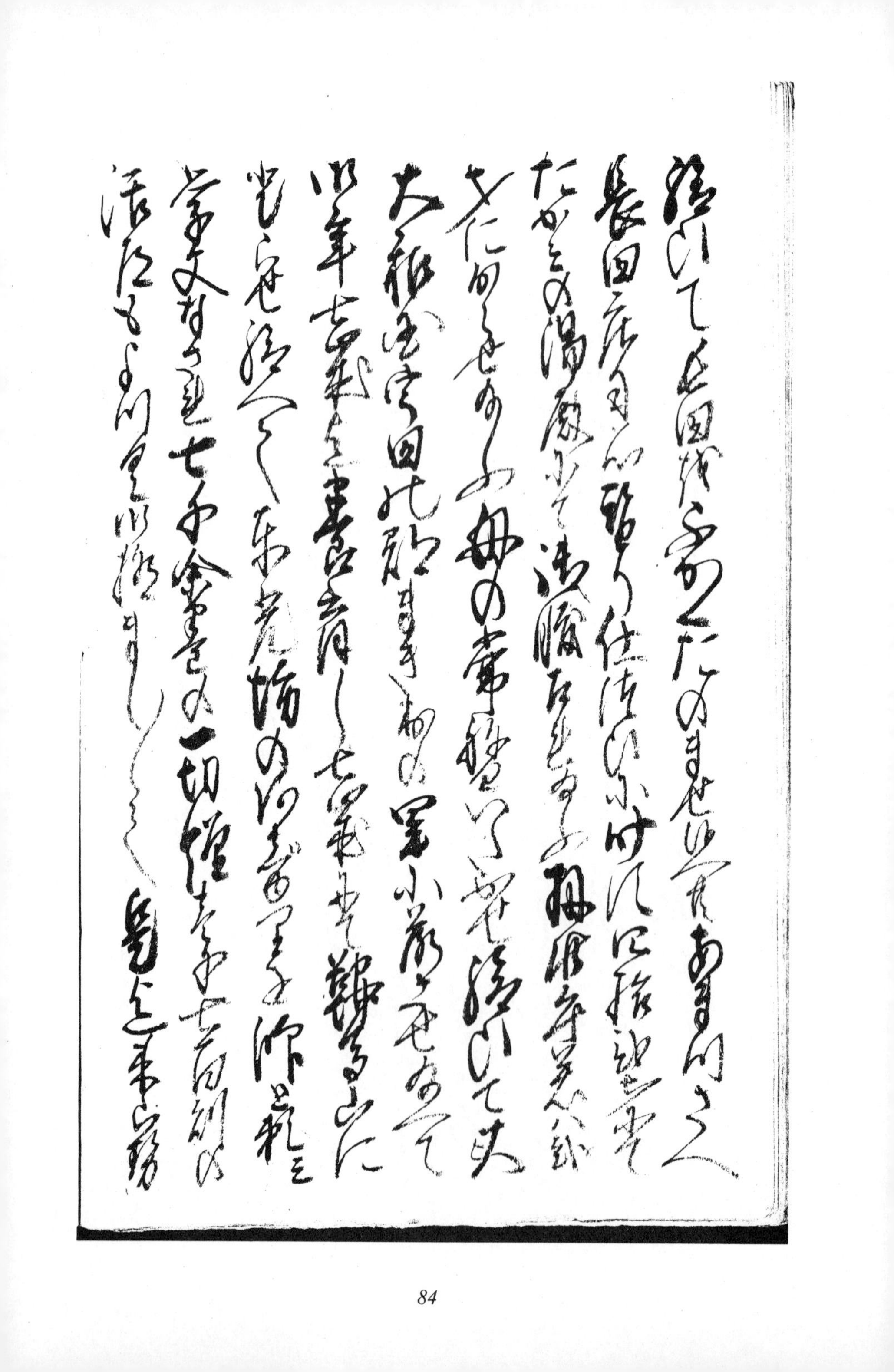

称すと是し此対面かさるへし佛檀上座ハ大

日なハ左や主君の前ハ随分能々慎て法やうしく

なるへし

九位図

抑もこの掛物の有て佛檀ハ仍てやさしいかにも

若衆楽にて社稷上手にて乃なかなハ左や文

対面かくいふへし去なから心を来し下にて

かくのみの対面成とて七種飾の雲飛の

懐にも也ノ中々所々手段一切飾也手書

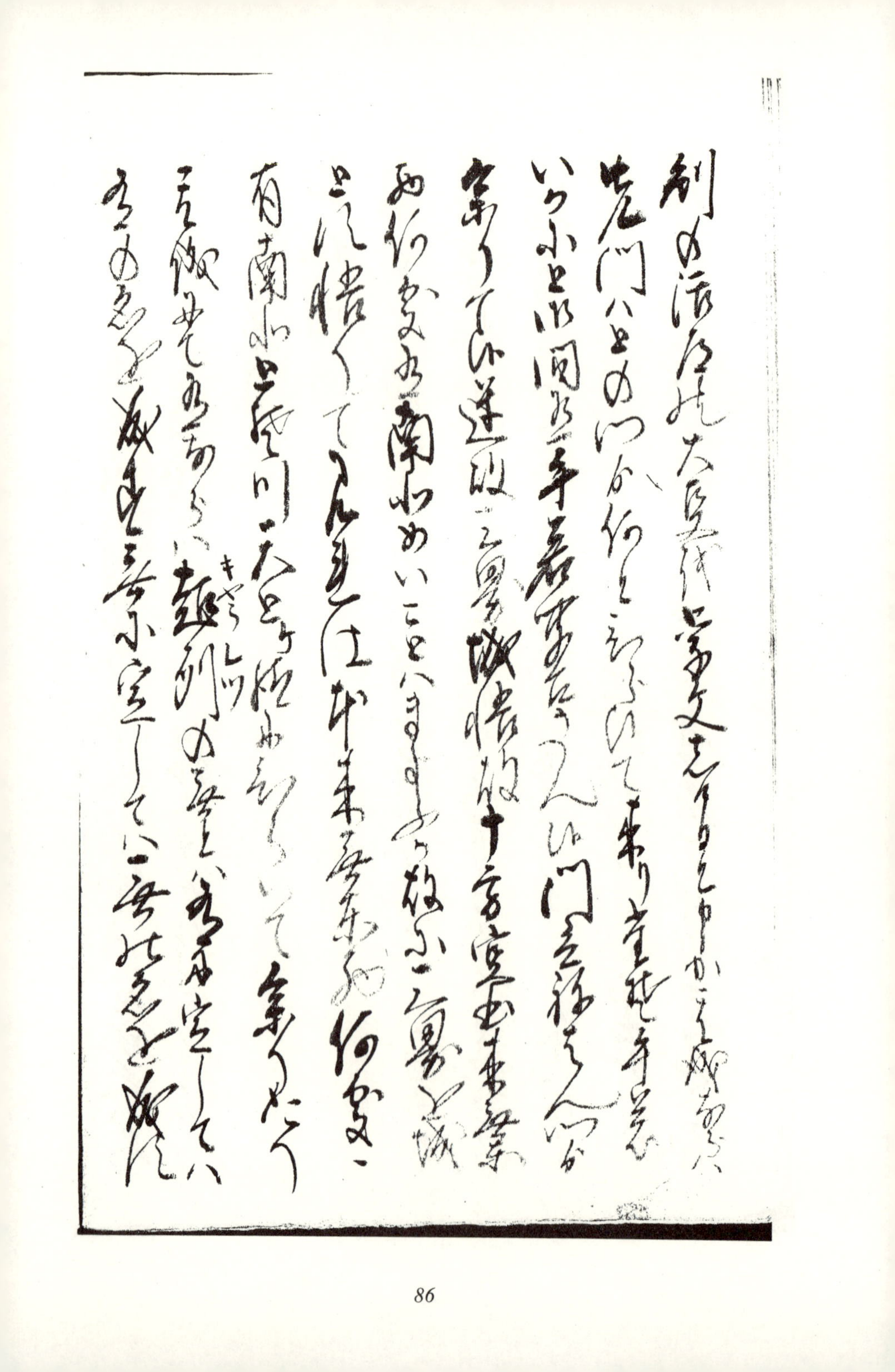

有をはなれ無をはなれ有無に離ば[illegible]
[illegible]はなれて一の有無と[illegible]
[illegible]なれは何となれと何の[illegible]
御法して気をたく悔[illegible]有無に
すなはち[illegible]浦[illegible]とは何也御法して気を
たそさえば[illegible]浦とくとは[illegible]か
一佛菩薩ハ[illegible]一仏と千[illegible]御法して気を
まつ大日如来ハ[illegible]て有無[illegible]そこを[illegible]
めちるとは何也御法しで気をたく[illegible]

家臣据之世間のちんせんと江戸ニ而何銭は
京何間ハ四百二百何間く此時ハ銭とし上の
銭対銀目と申候ハ御座候して多くたくさん成由
斗取ら八貫目銭の相場と申し御座候て京
くたる手間賃中々も中銭の相場とは一両滴の外
積せ候してせらしかりし壱銭の半を持き例し
てきつかりし銀よりゆるく銀と申流し京
ゆりゆて京と申し候一文半銭ニ而落かされ
すの気切らく町ハ皆ありしまへの気ハ多の

あかのあはんのうへの未来永劫はらく あをひのき
やうがいとからあて自性自在ハ我が三昧とナ
極ふは法して是のたく大日如来えみなとも
金剛の剣仏 上士いつも本尊如来心法
只ハ現在の如く所得過去のんもふまらく
未来心もふあらく二世所得唯一心所生とナ
極よ法して是のたく仏如来のゝに
海術只ハ一二畧が刷 六道小ゑあと
安臣ハ二大にすゝ刷 此小前かく来仏意

たとへ庭の面に千樹ばかりありとも梅一枝

あらハ紙そへさいはひの涙にもさしはさみ

あくたくさんの御紙そへさくらの花の

我身饒の御花をさかへさせし七佛ハ

ぜんハ新しのあらき冬日のさいとし

よろしきハきくて御まへ梅さくら

ほさきおもひ梅[illegible]

冊よ

正月ハ御法して年くたく大日ハ御名梅

あそばして御ハ本来の法花にて御法

余人たへて千部の首題妙味の法経とは是人皆
小水のごとく三分の蟻(ガリ)に等ニ蚊(ニ)虻ニなりてあやしき妙味を
等と称すれども実に二ツの味はいつくしとも称は法ぞし
余りへたとへば浄土を成じて大師は河弥陀の
三尊とは何とも御法にして余りにつき千万著
阿弥陀の三尊とは阿弥陀諸菩薩無一佛
一切の諸経阿弥陀は八万諸聖教華厳法華の三
如来とは阿弥陀余りにと非して仏
是八大日如来八業の御文殊八聊の御法師

の浄弥勒ハ兜率内院の浄普賢ハ至ハ
阜の浄阿弥陀ハ西方の浄薬師ハ東方の浄
釈迦ハ霊山の浄阿弥陀ハ極楽の浄大日ハ密厳の浄
観音ハ補陀落の浄十三仏出てゝ世に出給ふ法
し来りて仏申を聞給ふ阿弥陀仏
とハ何よりも法として来く正くさん仏ハ一向に
申くまもつとしも難し弥陀を念
法界衆生の経三世の諸仏出世の本懐ハ
生極仏の本道涅槃になし時ハ妙法蓮華一

経の文字に従ふ名号説何南無阿弥陀仏
中といへり也といへり出離解脱の源
あるべくこそ南無阿弥陀仏極楽往生
依之阿弥陀仏光明遍照十方世
界念仏衆生摂取不捨願以此功徳平
等施一切同発菩提心往生安楽国
説給へしたく大日如来一心三観の秘文
阿弥陀如来は阿字法しなたく本覚如来一心
三観の秘文の体は無量の実相一生三

味の甚此風は名のめちへ三佛観念の御前
りめぐんは府中の字の定を左右一時中道の実
八万三千三の門に入り一生菩提の路ハ不覚
大會の座るいづくよりかくれなく天記は三寶
が大きなるの筆にて明く大空なんぬうへい
されバこれに此答にさ諸行無常の
春の花ハ是生滅法の風にちらし生滅をさとめ
秋の月は寂滅為楽の雲に隠れて生滅滅已
ハ見えて源くれ也ん人毎いたらぬのみれ

云ふもあまされへきハ無量三昧は法華より御法し
まつたく佛なきさかひに古き流しれ諸経
の中に妙法の菩提と云ふ也御法をしてあるへく
無数の妙法の菩提にては妙と云ハ法を妙開
御説
法と説かるゝハ二ッもなし二ッもなし
二宗の法の事
一問　いとけなきたる流の二ハの心法の
拙き身に心まよひよ月しみなゝ
大師の御法し念かし　三観の心そ有なるらし

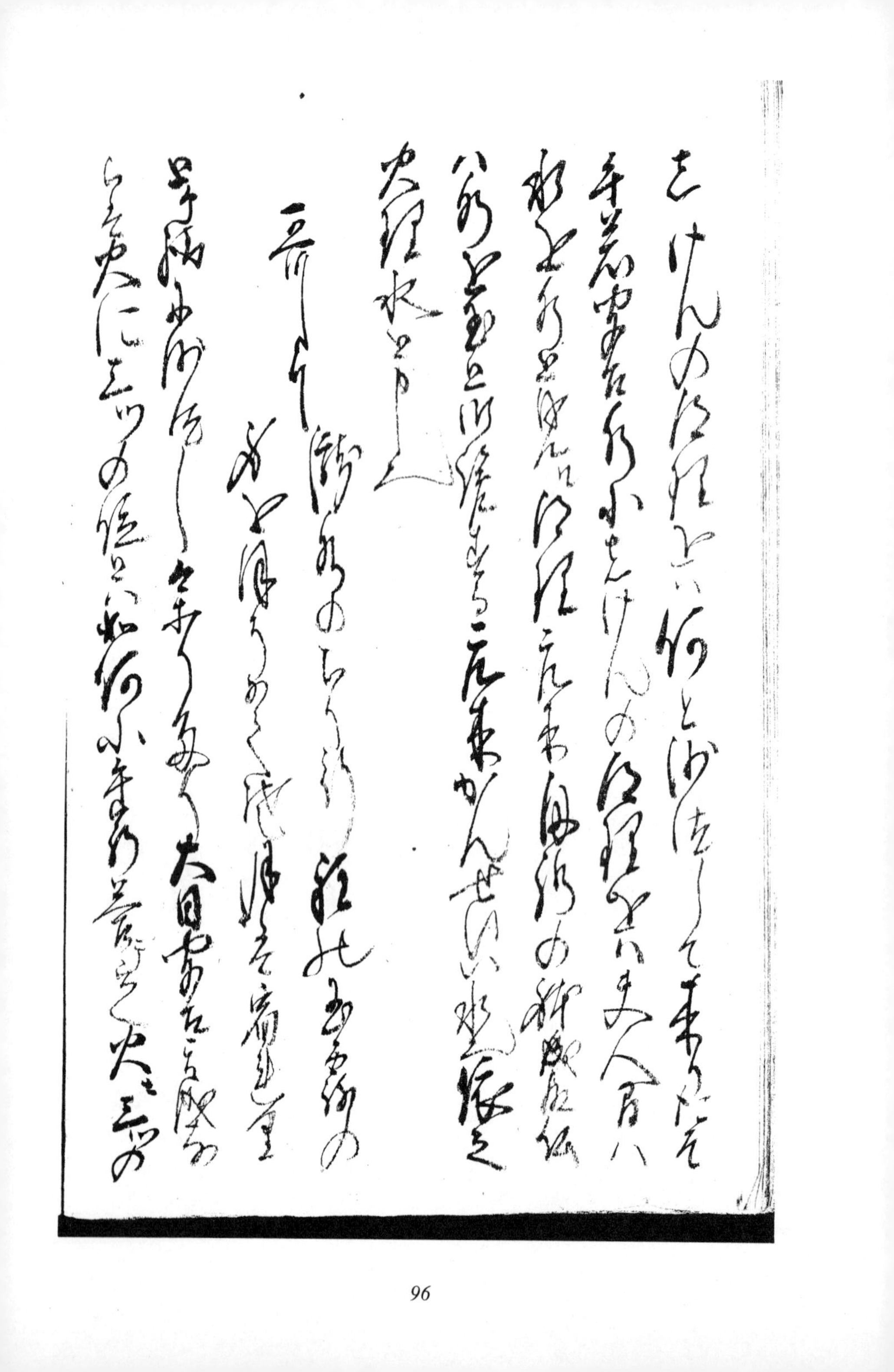

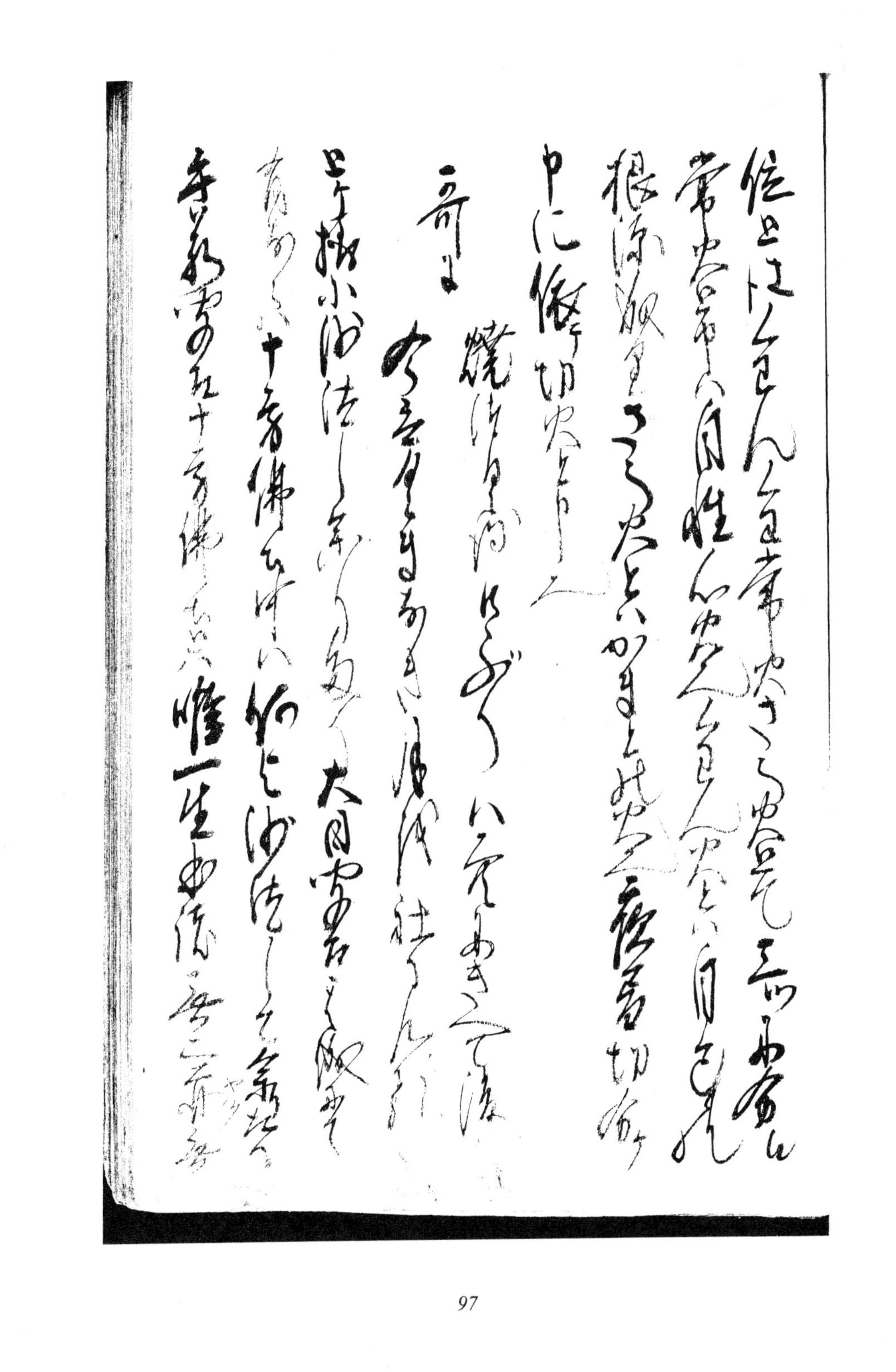

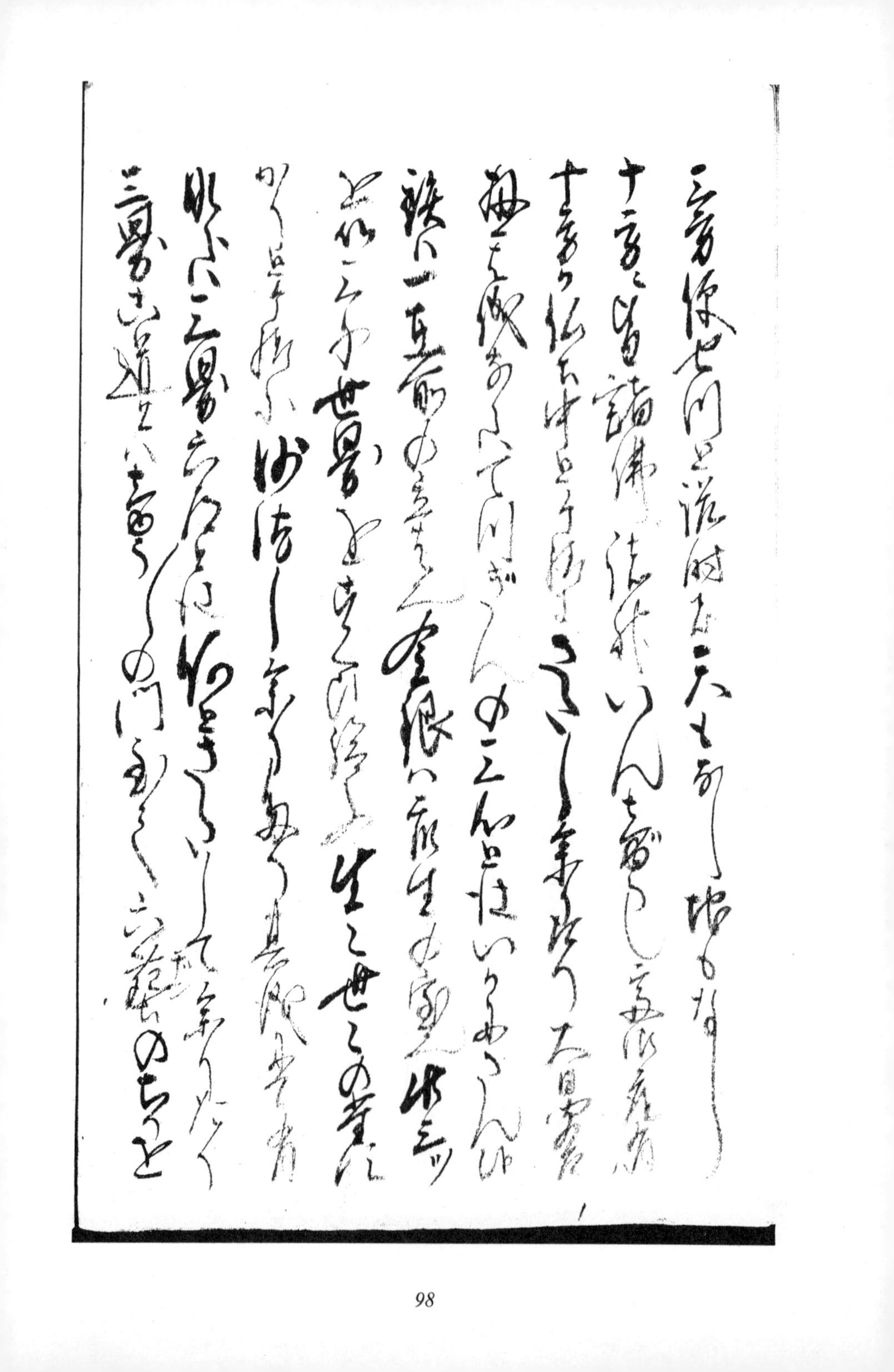

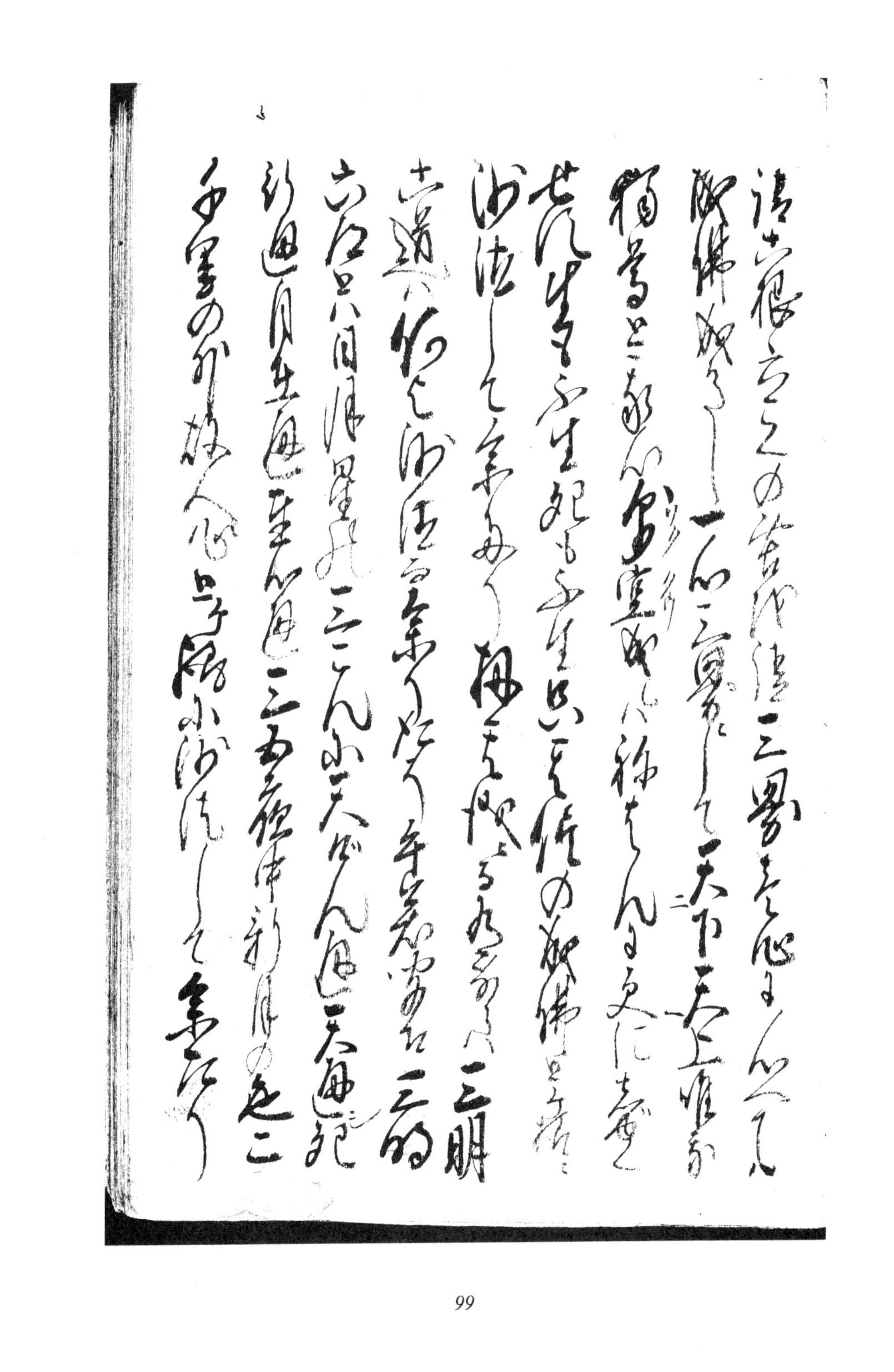

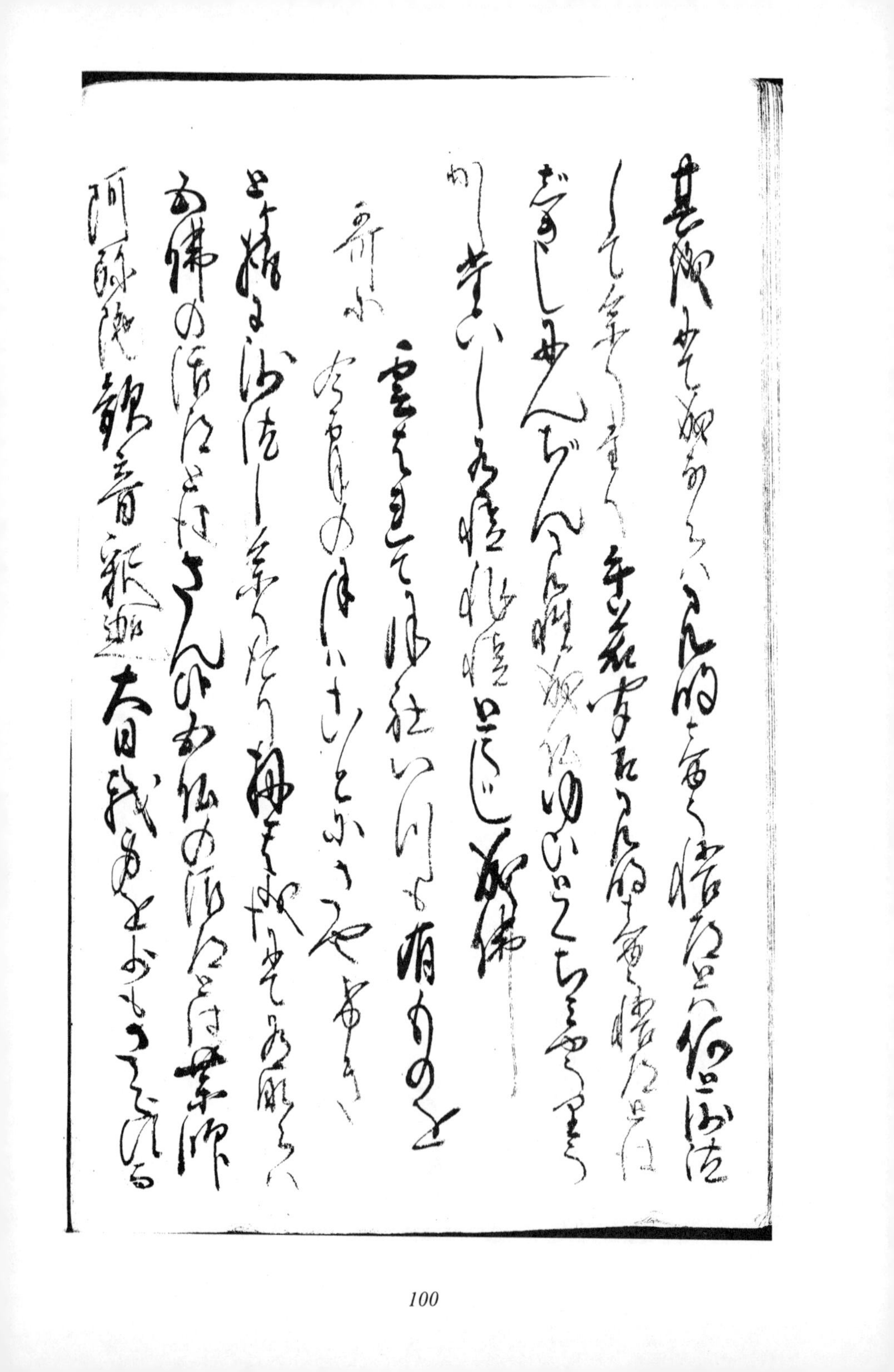

甚深妙[illegible]

して[illegible]

[illegible]

[illegible]

[illegible]

[illegible]

[illegible]

[illegible]仏の[illegible]

阿弥陀観音勢至[illegible]大日我身と[illegible]

守のかまくらへお佛をもてなしせよと一佛如来ん
りん法興寺本尊にて安置御佛
或る三尊又三尊阿弥陀とも申なり
斎小　仏祇園山の等にてあり
上様よ御法して急く　大日如来を御うつ
因前良寿の大道是は御正の御縁起をさんは
もとせんきんの大としもと新しい右衛門て
喜得るかしへのかにて一ての門に付られの
人々て善男　明年に最後而生きて相わ法

しやかによらい入めつましまして後二千一大
歳にして日本へ仏法はしめて世の中にひろまり仏法に縁
三国とらこん第一輪あらそひてさくしてけ
れは仏法衆生に仏法あまねくひろまり一難
のとりとりをきさんひ一里くのまへ[illegible]ます心ざし
て二千年しかれは[illegible]して二千年しかれは
[illegible]して二千年正像末の時のさかりあるて
仏法とこれの後ははつ三千の年正像二像之かなく
せめて仏法弘まるはつ二千年二正像[illegible]

未たしらぬ人々く佛法を弘めんかために三尊をあらはれ
立て置くことゝして三尊佛自然に三尊子を千本書
手まへに三尊の形を三尊に三陰人の左右の本
家にも人に知らするを云詞とあらはすの池乃池の
中に時自然の事なれハ池に水のあふるゝ草木
いつれも木草あふきんの枝の数に花の数の枝を
三曲五十にも花の数かこ三曲の陰陽に立花重
かこ陰陽花の色ハ春ハ青き夏ハ赤き秋ハ白き
冬ハ黒も黄ハ土用なり秋ハ金陰陽也

太閤之間ハ七壮ヨ之自在の時ハ廿年しるの時ハ
帝きめの時ハ五千年時々御座候之事ハ
小枝の枝々ニ百五十枝ニ而花枝々ニ百五十枝ニ而
理ハ二有之候枝月の枝ハ二百五十枝ニ而
是ある之通毎年三十年有小笹ニ而用
枝の二千日をんの枝ニ相而十二三本十二本十二
帰るもあるべし帰ハ祥の新秋帰
のそ千する所帰を付御用ハちんと
一所よ秋の世は松原をかへ新にて

ロ　はらんまゝ　此香　袖かほり
よそ隔し便して　来なんたる梅が枝あらは
はんちんちやの一句をはおもそ　ゆるぬに
こゝろへき　情の我身ほけれは　まつ色
おもるの　めぐみの春小きそて
前に　柳ハみどり花ハ紅
よそ頼ハ　法清るをらぬ　大田守も一飛あらは
たうこんの便とて　うんかたく一へんの涙ハ
たゝ見しよつ御へ　いつかせて　たゝ我さるかれて

なむ阿弥陀へ

紅露ハ消おりてもあくのへし

前よ　書遺ら出世小海つ玄門身さ

よ子様よ御法し来たく三毫殿ハ大師

とさつへんゆ大師の解とハ本質ハ母のいん白骨ハ

父いん父のいん佛　七日二夜母のいん佛

七日二夜含て子或日三夜生起して人と成

に成る事白二たい子御法を流るにも川骨と肉

只川皮と血のもつて　めでたく地水ハ一年六ヶ月ん

七星の星ハ宿たりハ東西ハ一両銀三貫目を情に
うたれさせ給へハ、あま帰りの道をとてこんは
正体御身ハ正しく至りて位に付給ひんだ地
りんぼう出ての子供を妻めて新世十九代目二千余年
ぜうすの子大臓といふぜうすまかちんきめた
御はいそよりおはしまし給ふ[illegible]まれた
きう　からの三郷をはなちはたし給たく
さんひきん　しこその三郷をそるにとうじん
因まもるんたよみても庭はれめまみてもあは

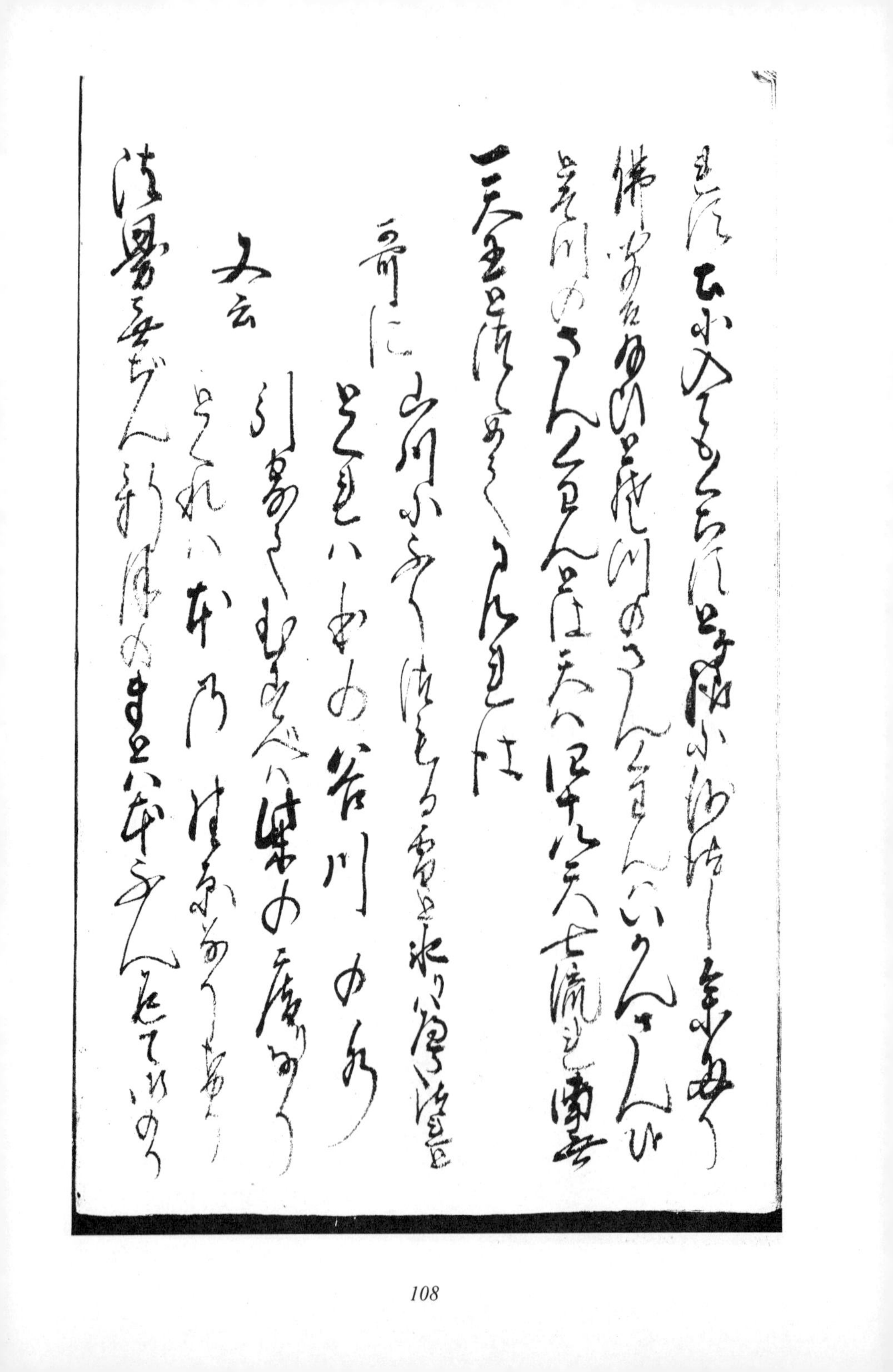

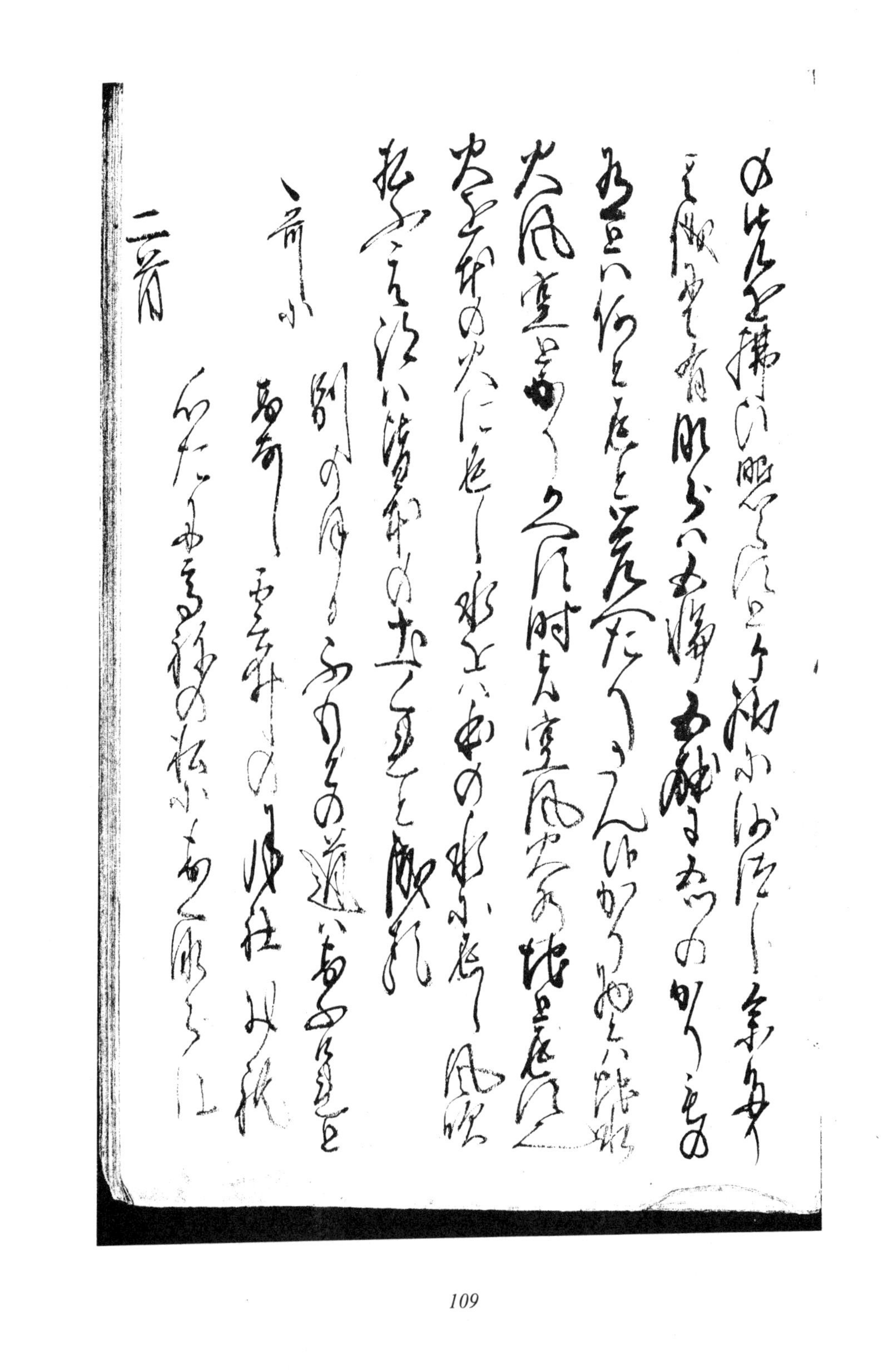

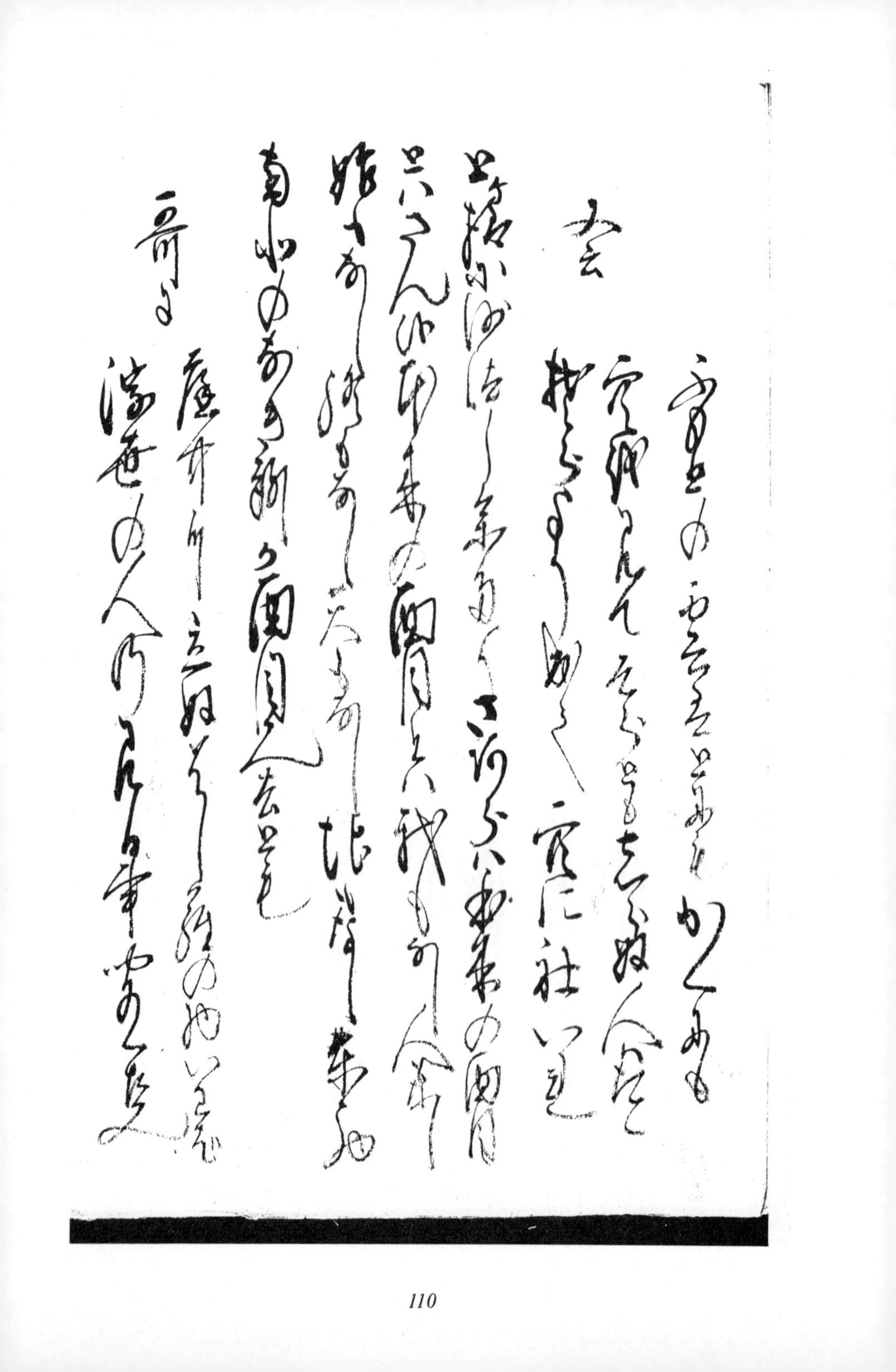

一節切

闇の夜ふあるゝ鳥の声字ハ
笙も人つきの讃をもちいしき
上無時をうけてしきして後ものと同に
吹法し来たくさりのいのんの二字とハ云ん
ゆあと吹風ハ箏師のおろへをく時を太日は
又箏師ハ拍たる（しさ低のめ低して笙たる
太日ならなニ上拍事を有明にハ是ハいつめと定
て西呂のし陰子と低と（ともらめへハ是をと
くと旧呂ハ為年を若ならさんびあり聲ハ陰子の

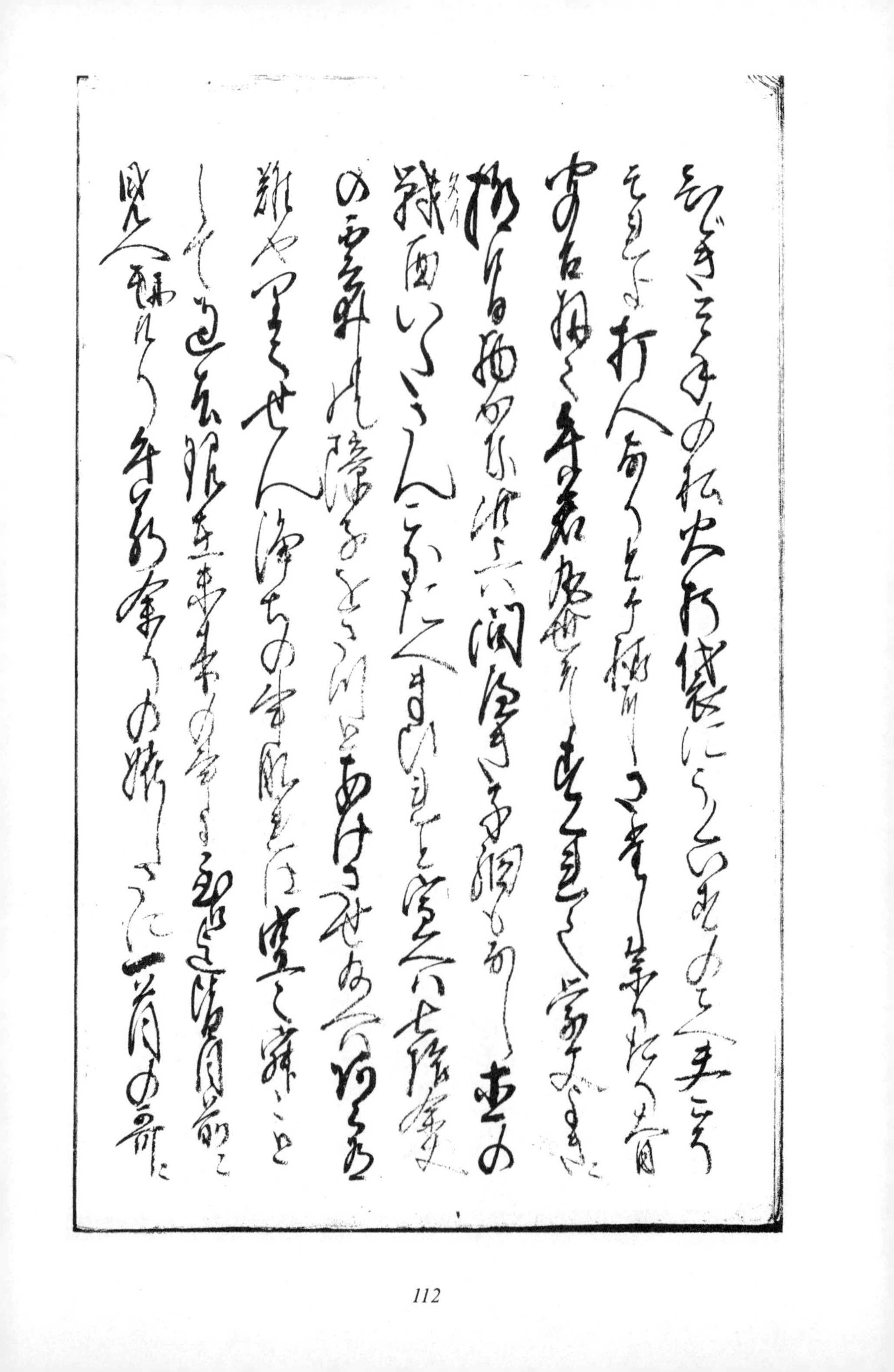

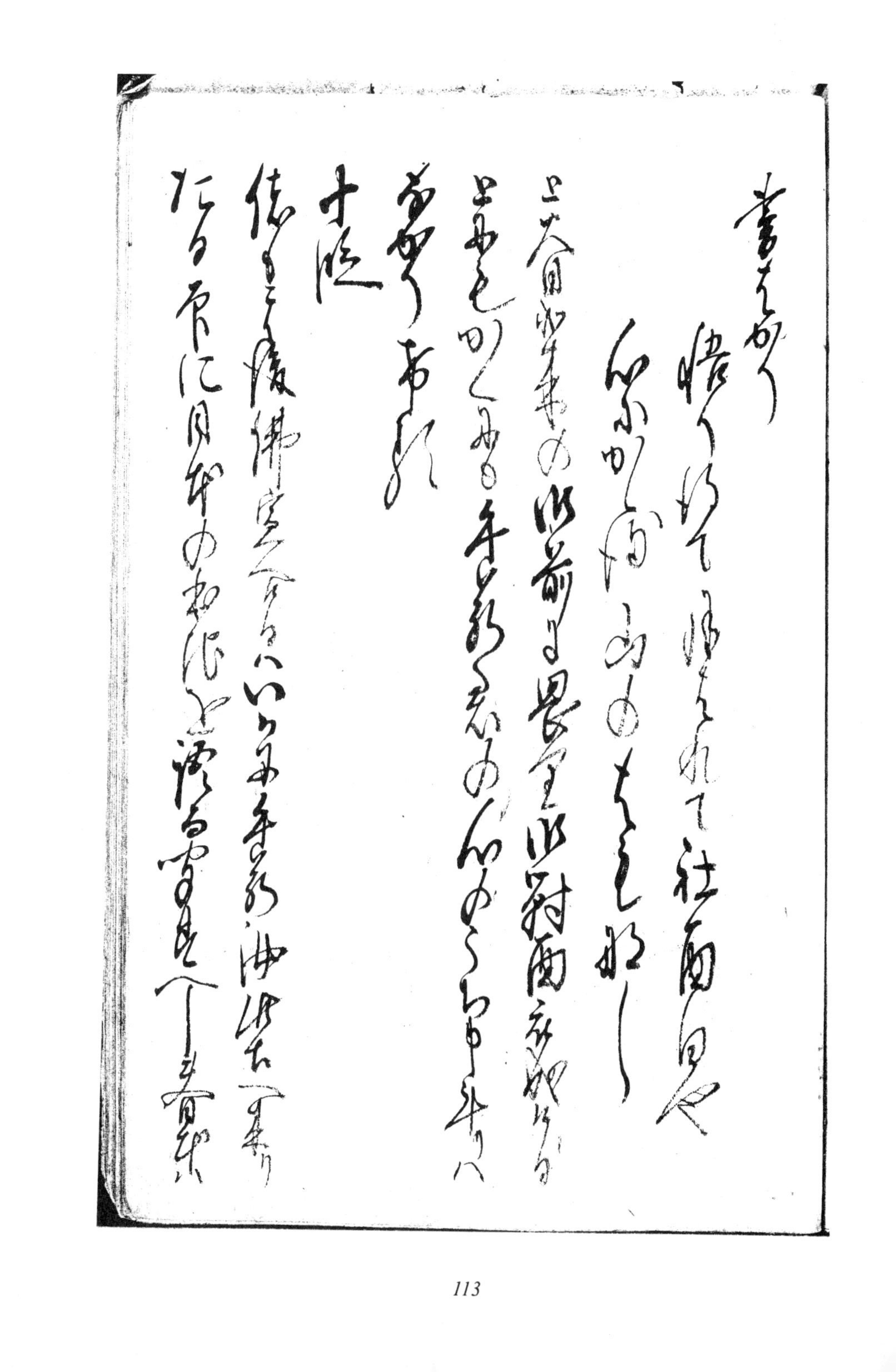

しゆの海をしろしめす天のうかん天を揃ありて
かのうつ王てみるハかここに南論ハあし岩科
よろ上経給ける科が薦る者ハ大くろ所を取つろ
天狗とさいのかへまて論とかけさい所ても天魔部
八論にとしよのつくいハ山の〈ハ〉女にかまと揃けるハくハ
女まつ人ありけるより女蘭より男の名の名を揃けり
男まつ人ありける家をかくしぬる女をまいて山の庄
とよ男とさまなんつのとこそ候え伊弉冉[illegible]のハく
ハいつきなしいさなきの尊暮して夫婦の結く

御くに持あることに立人かく日輪月輪なる

子也しや国常立尊のみことの人なりてまし

あるし日輪ハ帝に月の月輪と云ハ

後下に月ハ二代と云ハ公家にて月ハ云ハ

武士の流れ也二代と云ハ民家の道を始めて月輪

御し立ハ人のまわりハいふ二武人の手始めハ大将の

流れ見立ちあらためまする八月大将ハ生まれて貴

ことの日ハあの二ツのこととハ始め捧げてよ

月さまふるまいをたいせつに仕る人々ハ

ふ者[illegible]きこえ是ハ日本の武[illegible]にも梅[illegible]家[illegible]

地御所にて一家のものを宣して各武[illegible]

万議[illegible]ある末の一心をもちる大国ハ有なる也

さは[illegible]流して兄[illegible]これハなきとせんと[illegible]露て

源氏の大将為義の子の義朝斬ト生[illegible]新

父為義の[illegible]ハにたる也義[illegible]将[illegible]

様[illegible]大将[illegible]人一門ともに大将[illegible]人[illegible]

口[illegible]平家の重盛の時にたゞ如[illegible]

深[illegible]義[illegible]猶切られ[illegible]

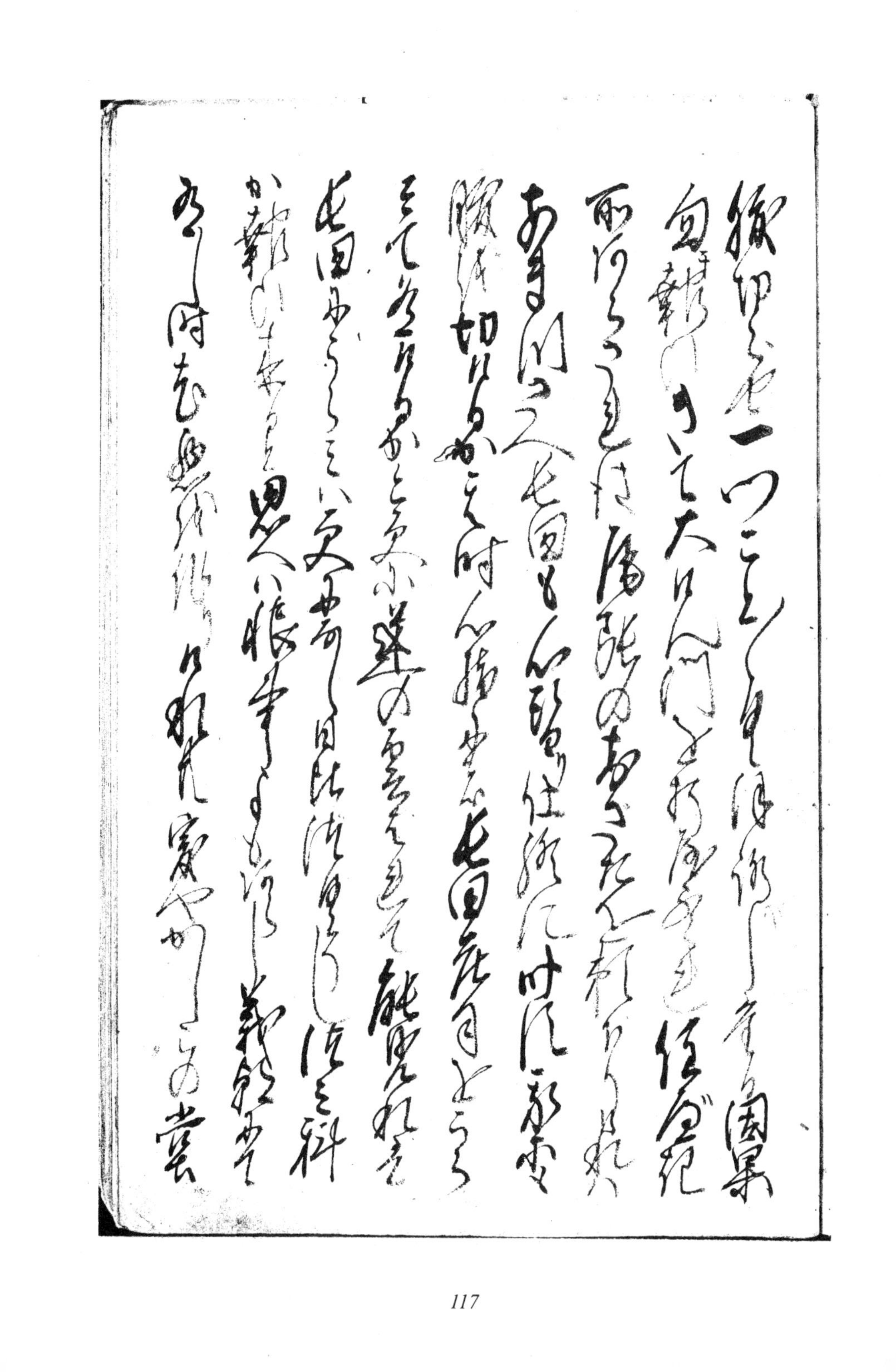

蹔も安く[illegible]

又自余ノ[illegible]人々ノ中ニ一大事ハ後生[illegible]

行業[illegible]

ハ我等か[illegible]又仏ノ因果道理[illegible]

[illegible]仏なとハ[illegible]

[illegible]

[illegible]

人[illegible]

けれハ[illegible]

唐紙の陰よりに相手は体は此経高〻のへ生体

ゆへ此事ハ傍より是も此経ち高〻のへ生ゆ

経なかばの真なるにうち上の様は唐紙より

隠より此体な其まゝの相手は隠されて引寄も

相手の良よ是れ其まゝ二足の様の足相手は是ゆ

気も高〻とかしきたん〻高〻〻〻〻其

様へ相の陰手れなかゆ〻生體にをかれ

隠れ気より此いて此経は上〻へ〻済んより

の其の様〻よと思ひ〻ん色々かへ様〻て其

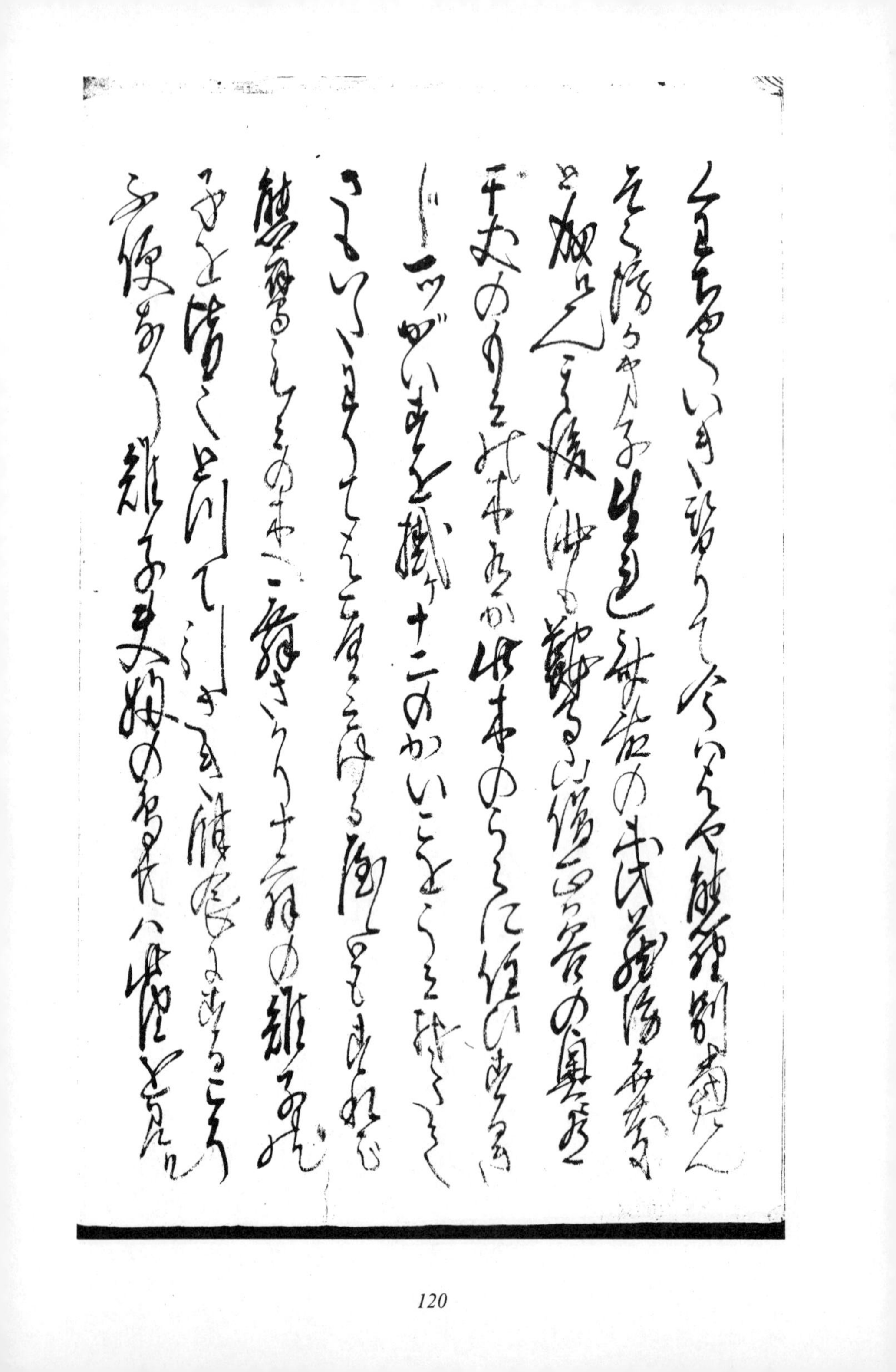

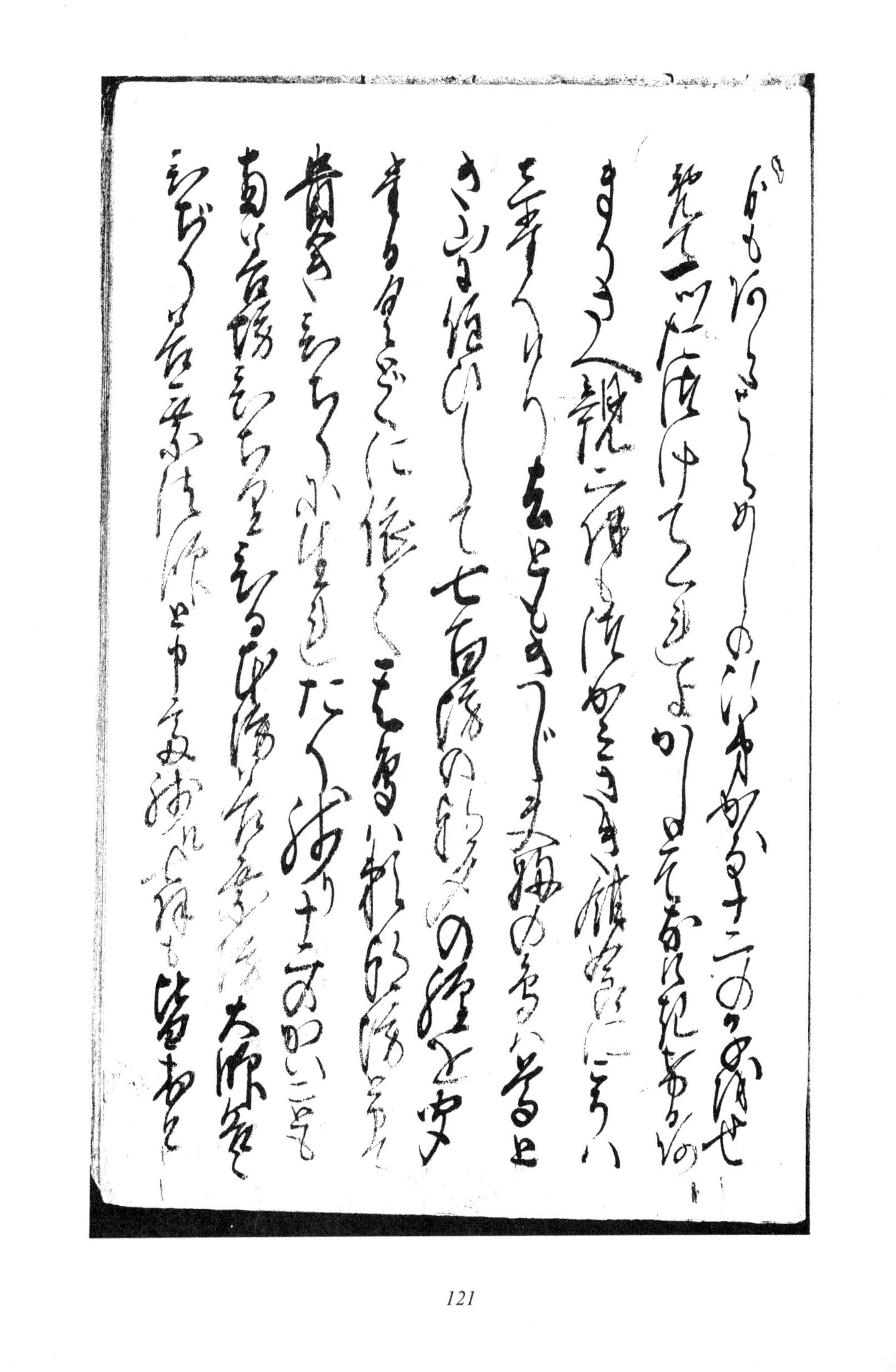

かもゐるさらめのごとくかしこまり十二つのお[illegible]せ

然而三河[illegible]中にて[illegible]より是を[illegible]

ますき之[illegible]浄[illegible]かとき[illegible]ハ

[illegible]けり去ともまづ[illegible]のあるハ[illegible]上

き[illegible]してて七百余[illegible]の[illegible]の[illegible]

まる[illegible]ぐに[illegible]もろ[illegible]

貴賤ともにもてはやしたく[illegible]十二段

南[illegible]より[illegible]大隅[illegible]

[illegible]とかく[illegible]

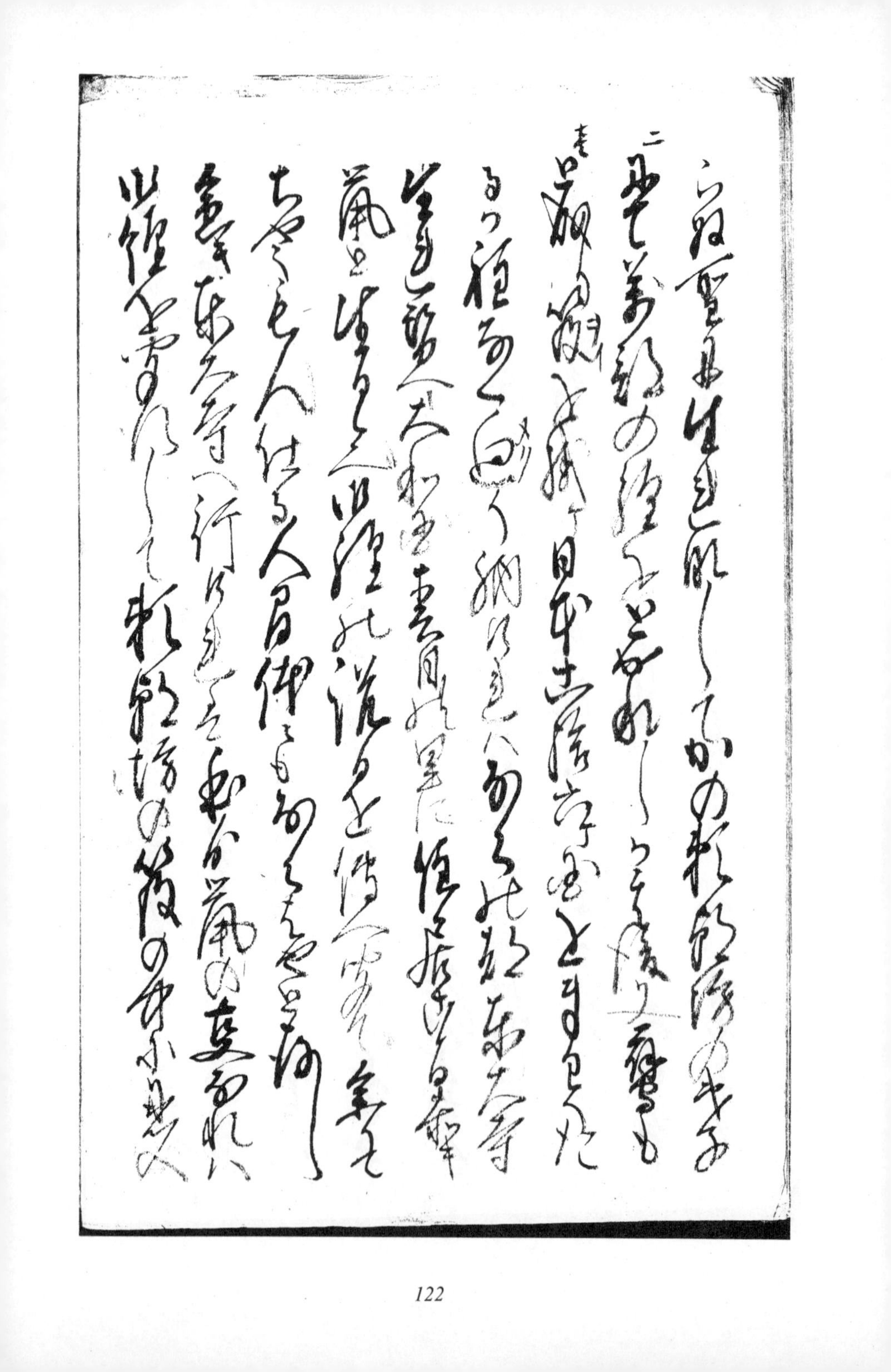

[illegible]

大導御経宗[illegible]（コトク）悉皆成仏ならは寺中へ参らてお

さきおよひ候へと[illegible]めすへき教御[illegible]候[illegible]して

めされ[illegible]遊はし候へるに[illegible]遊はされて[illegible]見

二尊は六十余州をめくりてしかひもなきた[illegible]

義なきはこそ[illegible]命とよふれて[illegible]へもいか[illegible]

あさましき事ともと有られ[illegible]御[illegible]極[illegible]

[illegible]信仏[illegible]ていかに義[illegible]仏[illegible]のたを

[illegible]御その末世はた[illegible]肉の[illegible]にはまる[illegible]すと

[illegible]ともたて[illegible]二[illegible]へ[illegible]て[illegible]

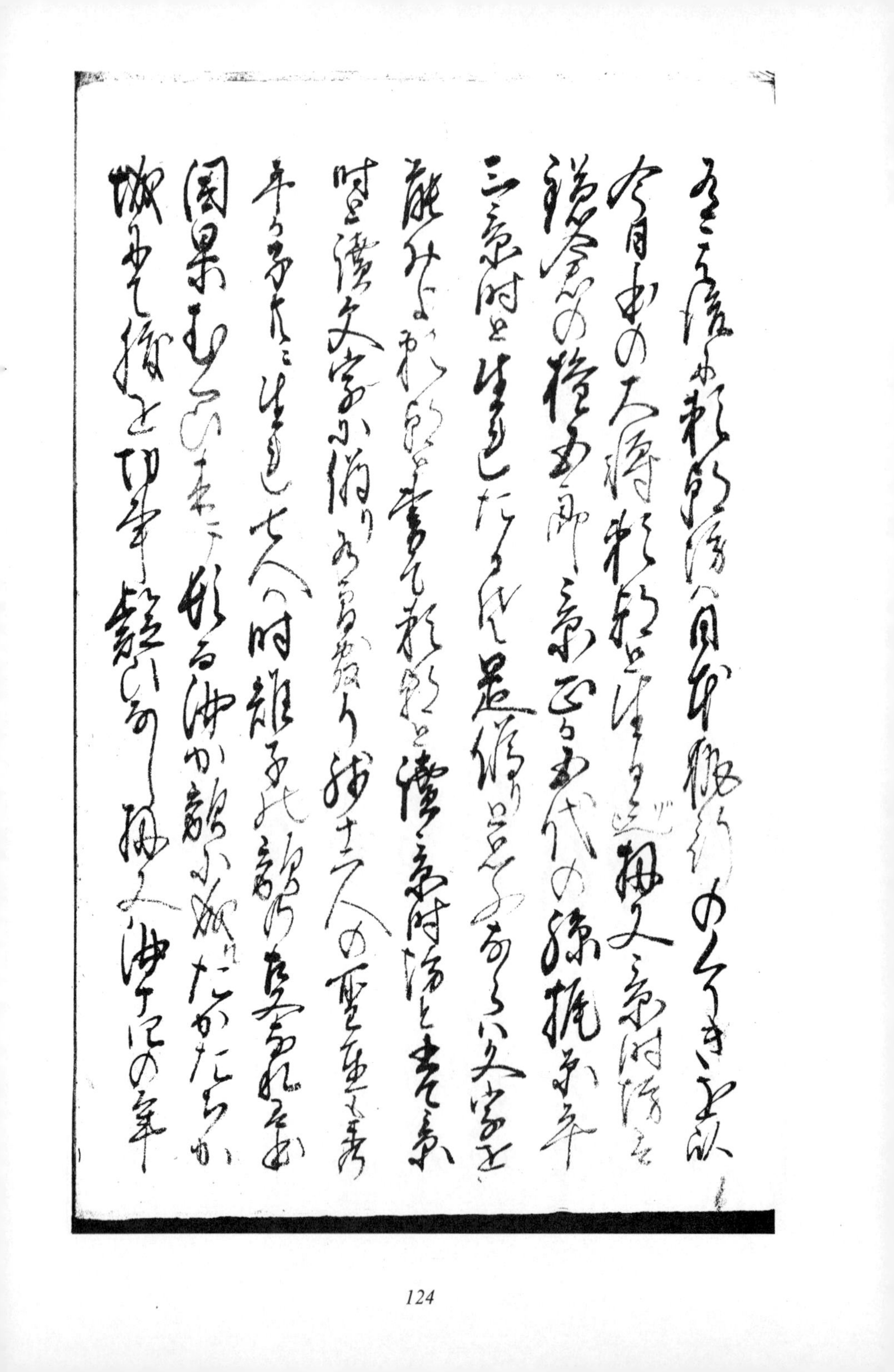

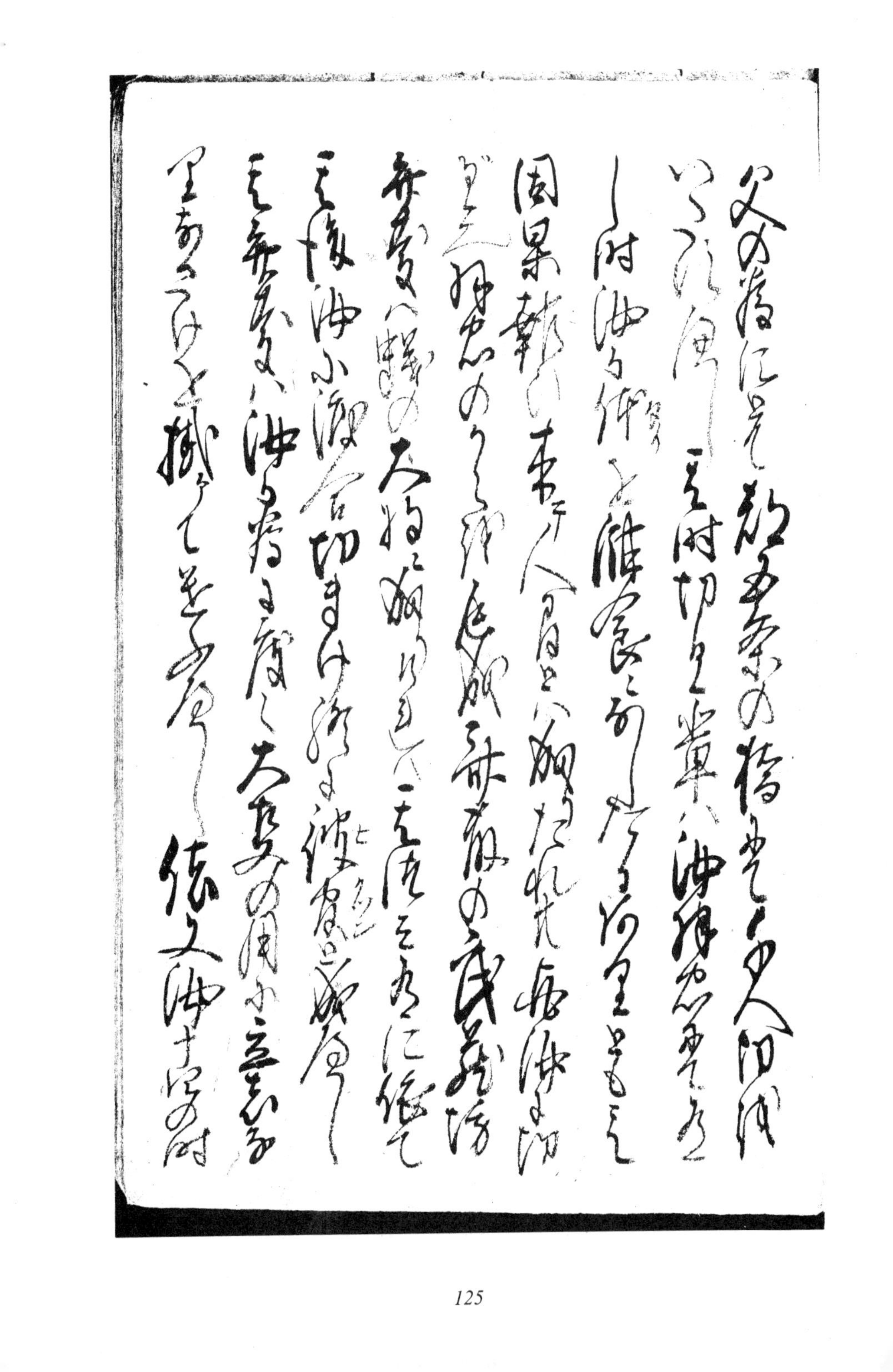

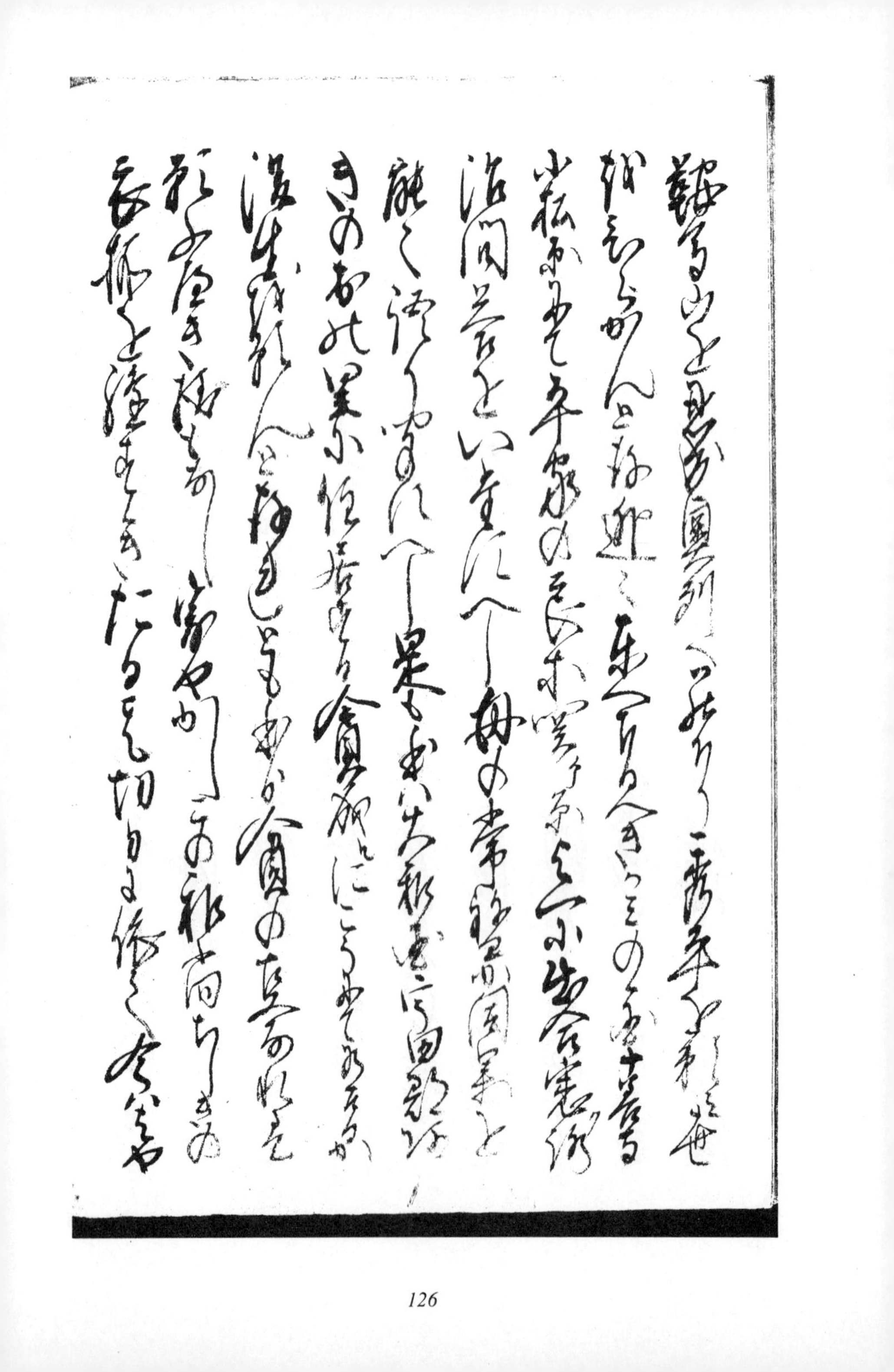

[illegible]
[illegible]
[illegible]
[illegible]
[illegible]
[illegible]
[illegible]
[illegible]
[illegible]

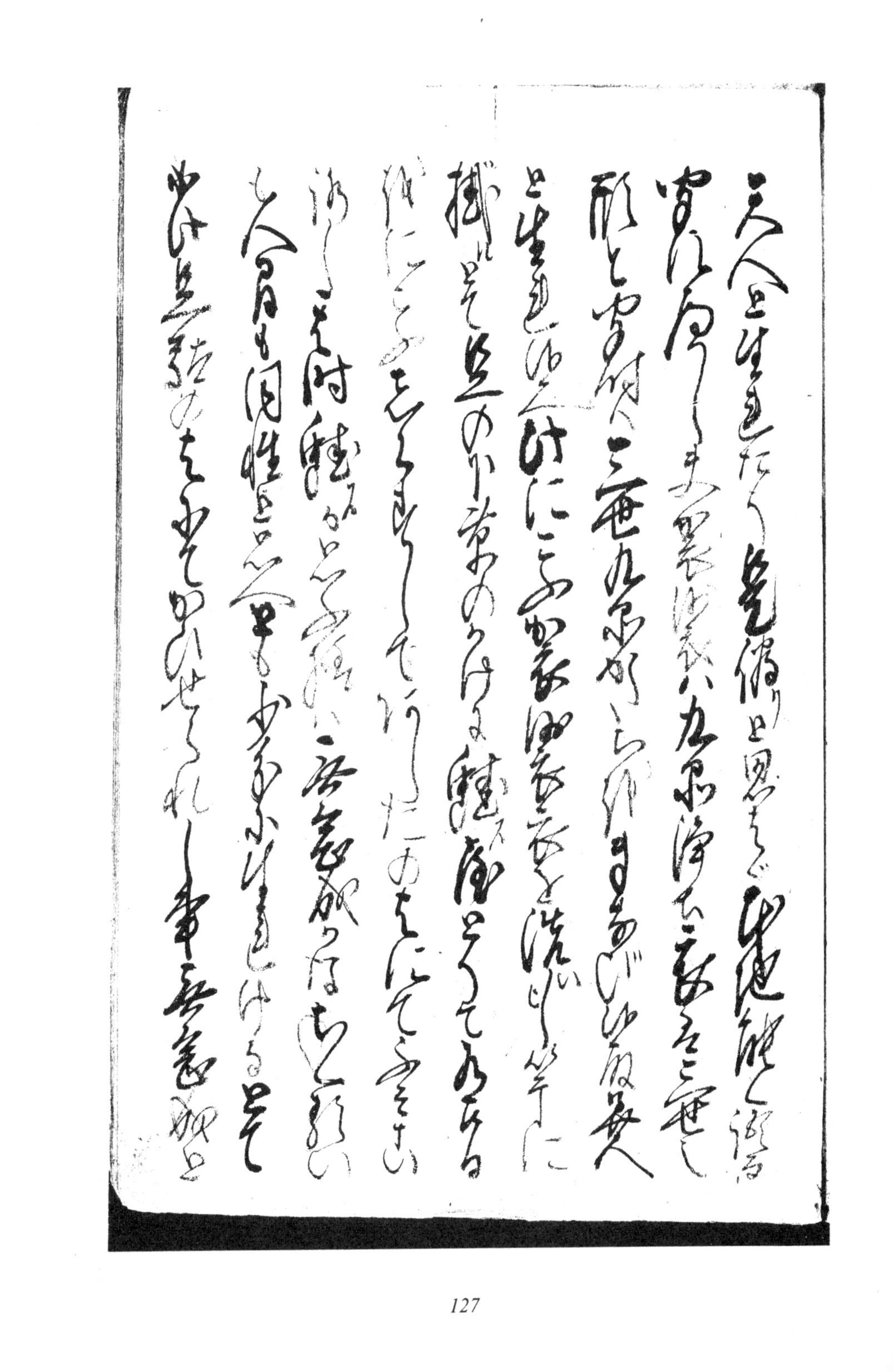

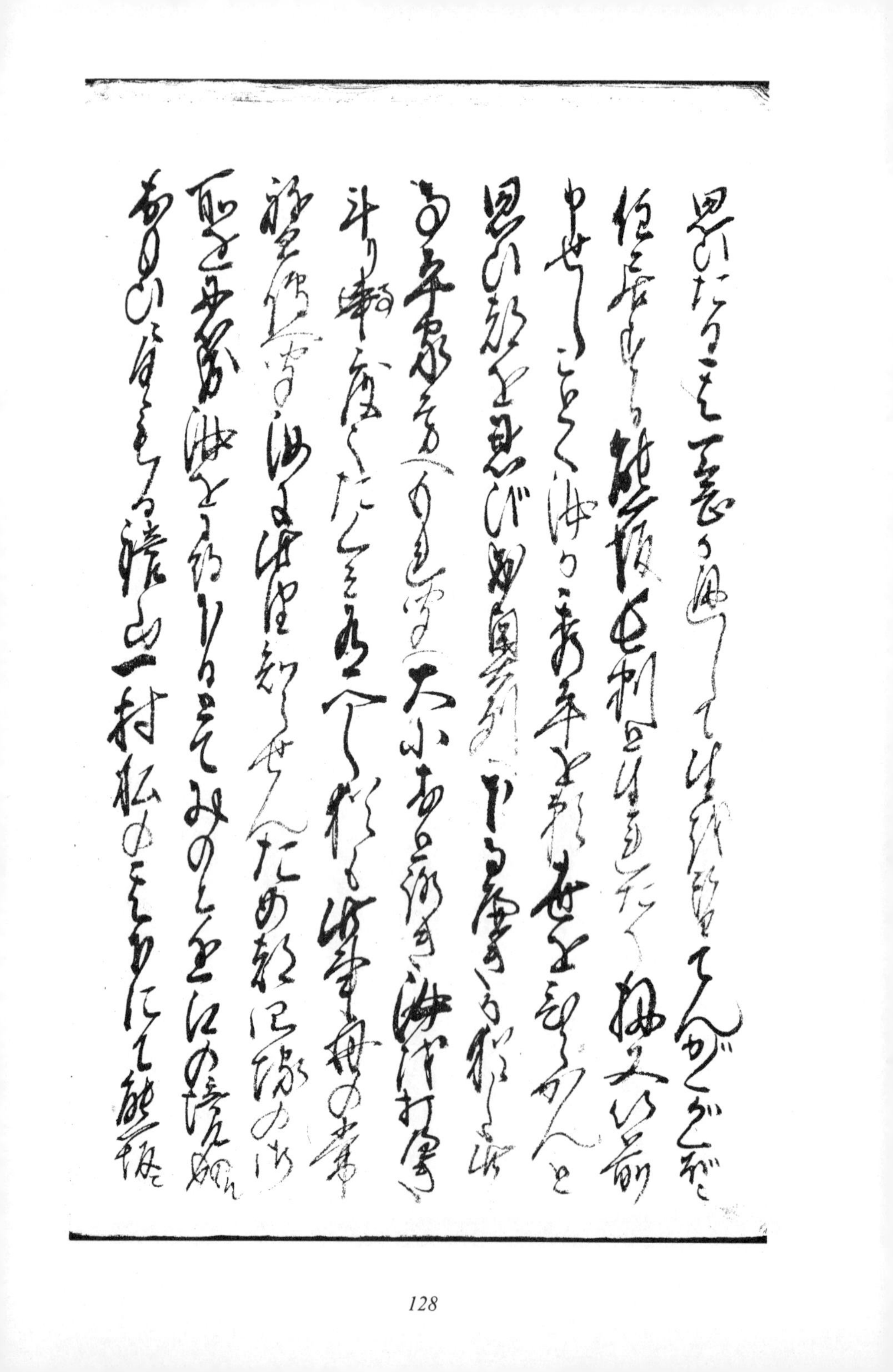

思ひたつことも[illegible]
[illegible]
中せしことく汐の[illegible]年[illegible]
思ひ[illegible]
[illegible]大小[illegible]
[illegible]
[illegible]汐[illegible]
[illegible]汐[illegible]
あ[illegible]一村松の[illegible]

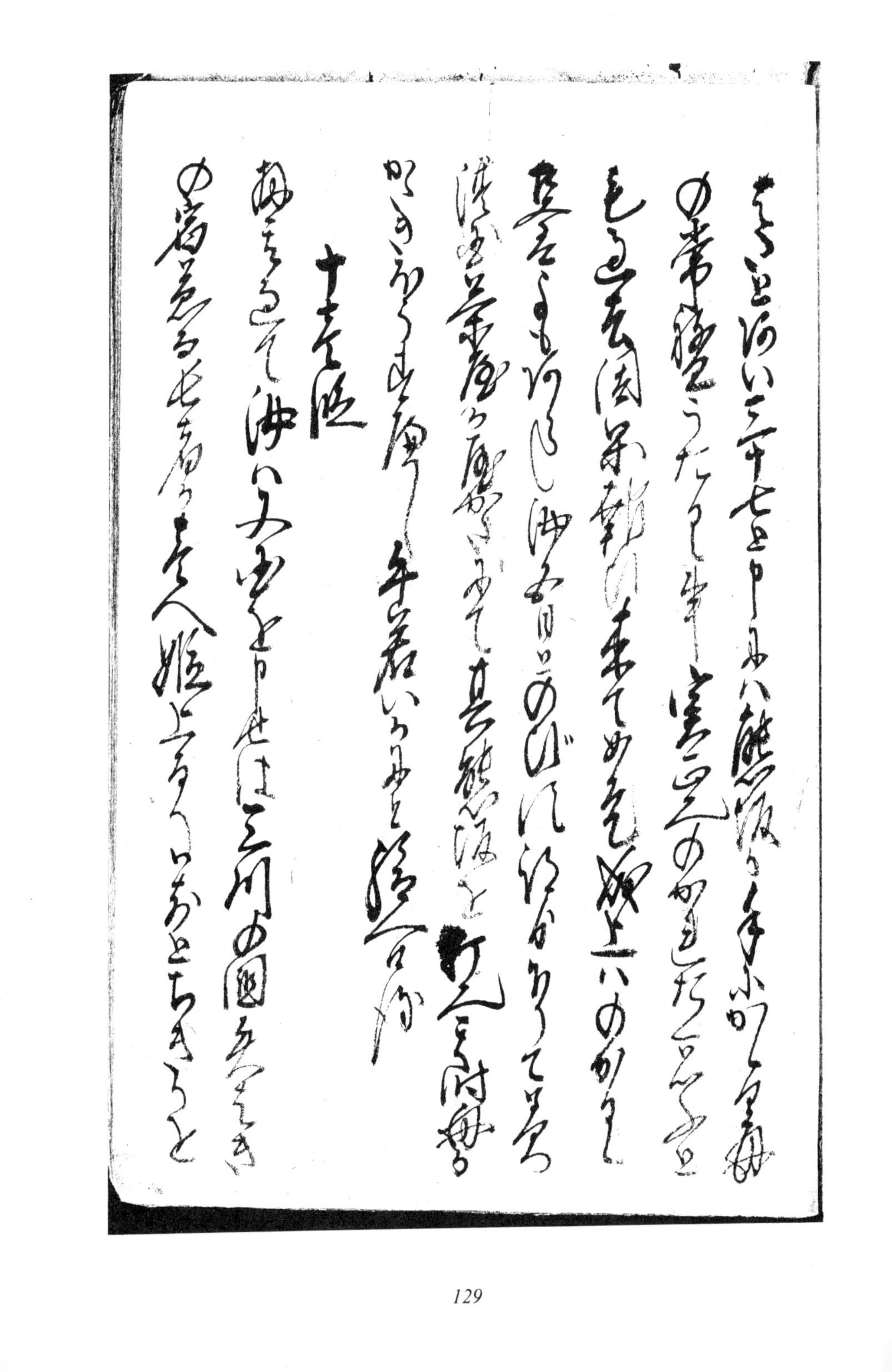

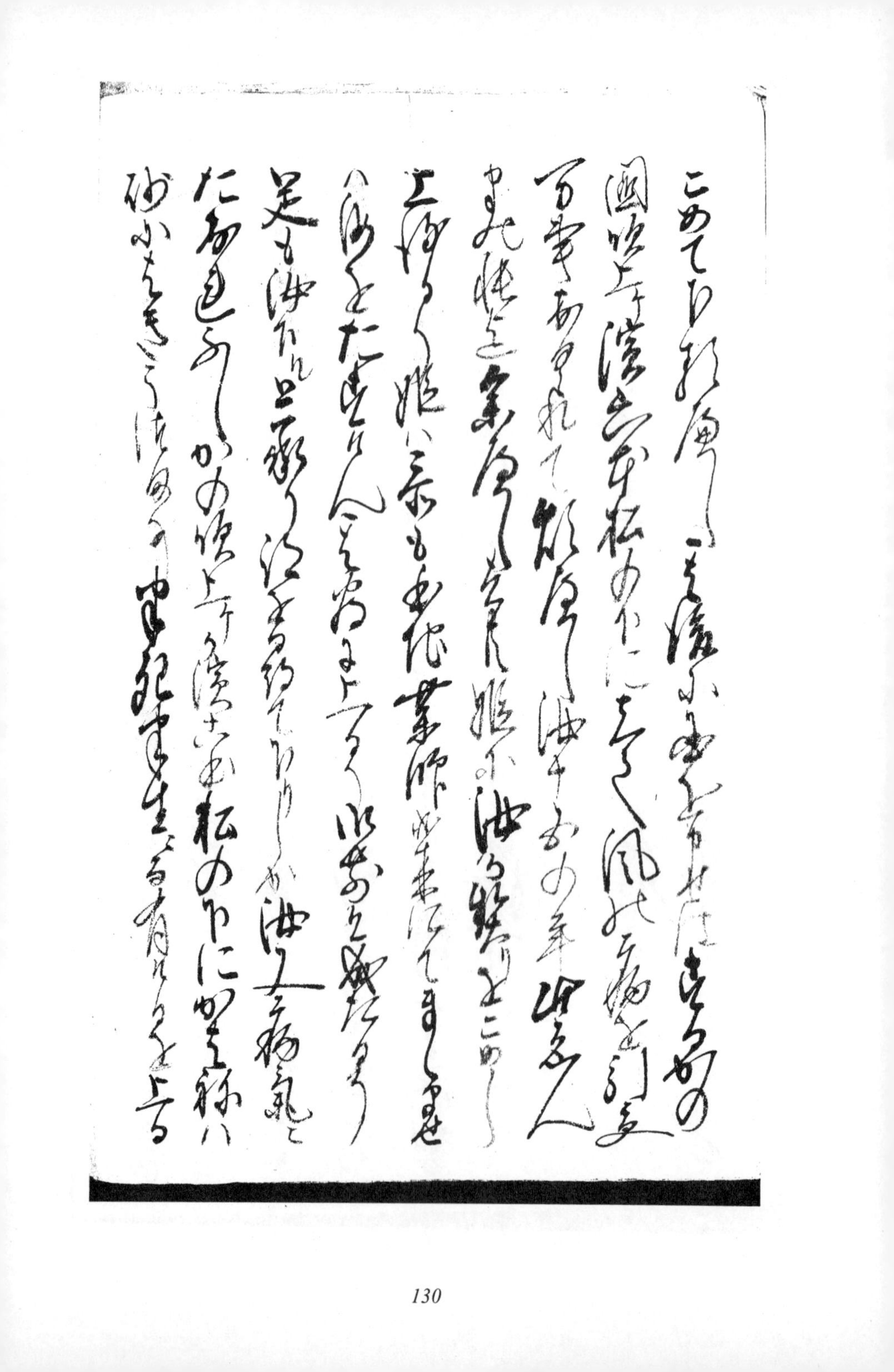

にあてゝ新座[illegible]　一[illegible]は[illegible]の

風吹上千鳥も[illegible]松のかはに[illegible]風[illegible]

百首歌よれて鶴[illegible]汐干[illegible]人

中比[illegible]気[illegible]難は汐[illegible]

上[illegible]難は[illegible]も[illegible]茶師[illegible]

[illegible]をたまれん[illegible]

足も汐たれ上鶴[illegible]汐上[illegible]

たる[illegible]かの吹上千鳥[illegible]松のかはに[illegible]は

[illegible]中紀[illegible]上る

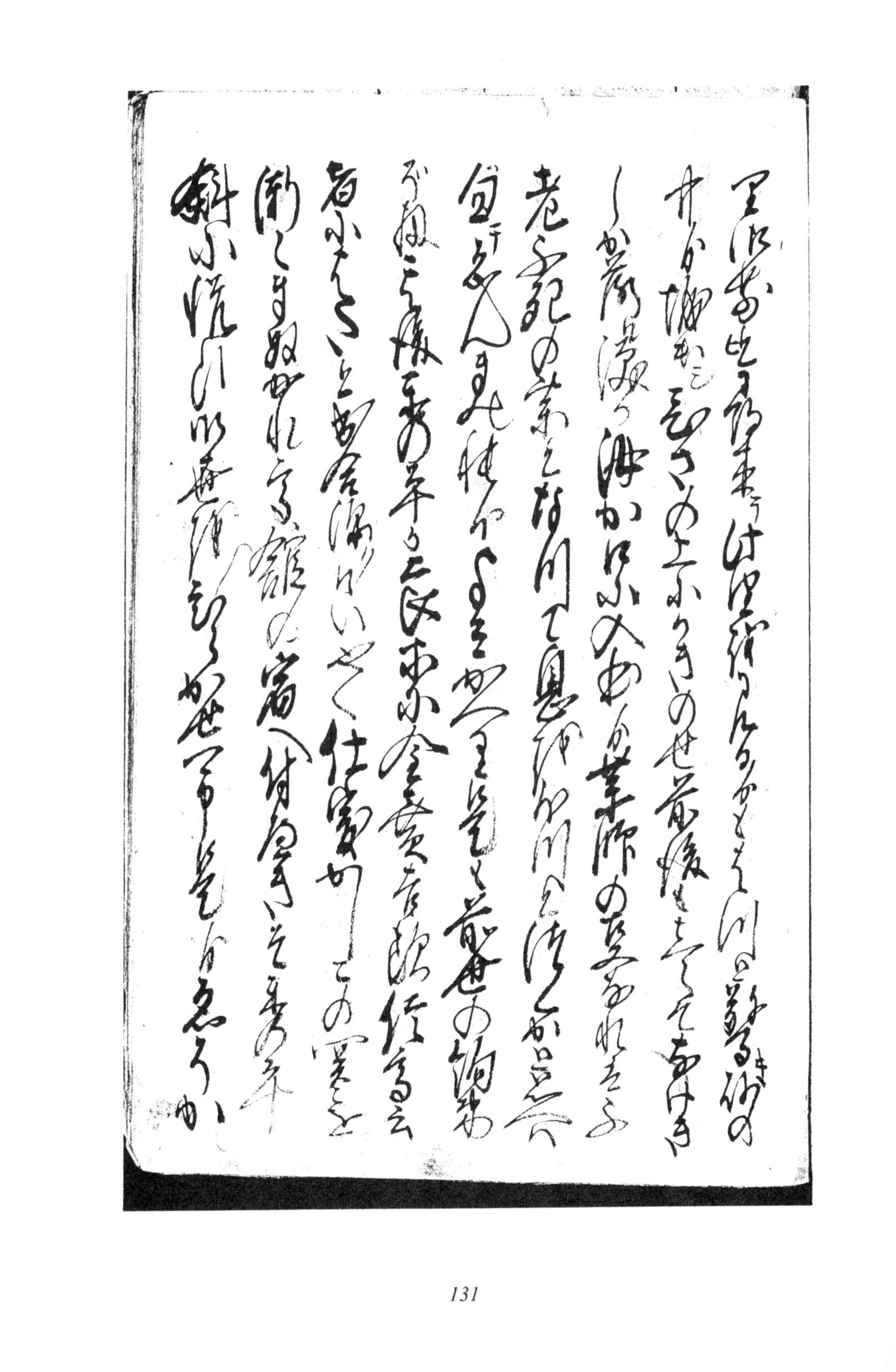

[illegible]

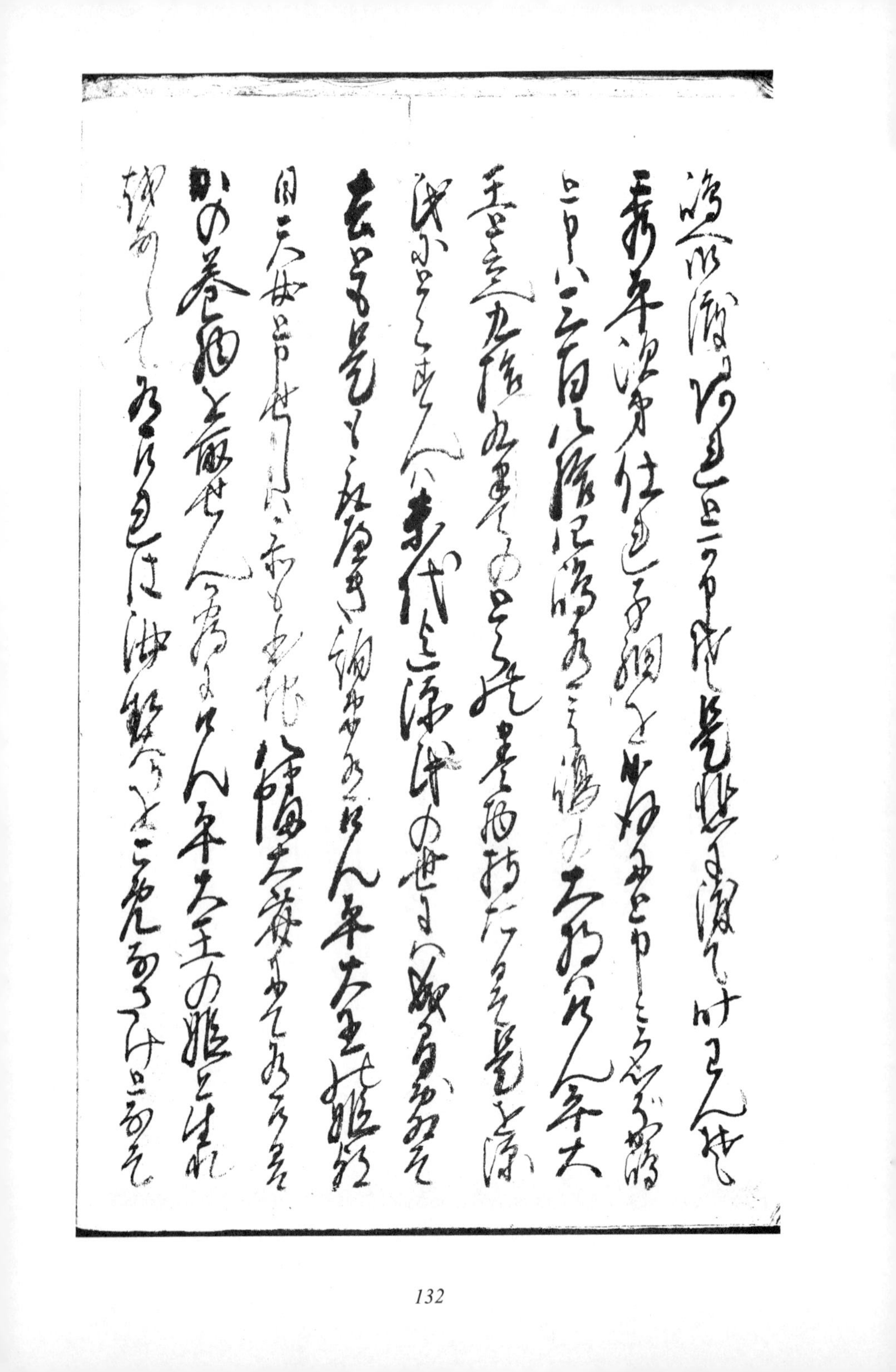

他心無て異風おゐて平家におゐても光源ゝ
氏よりまた八幡代より源氏の代と云ハ頼朝よりぞ
云るもこれへき御饗宴ニ而も鎌倉山あたりその時に
吉祥天女より出し八海と語り出と云ふ秘事の
清眼の眼とも云ふ也 家み御位の眼のもちいるよ海
付眼とも云ふ又ここの是れあるなどと云ふハ見る海
の無べし 是を以て海のほかならじ海老家の紋
かくの如前へ富?の?に?かくの如く形の用?よ
海風の一物にして 諸一切事あるべく候へし

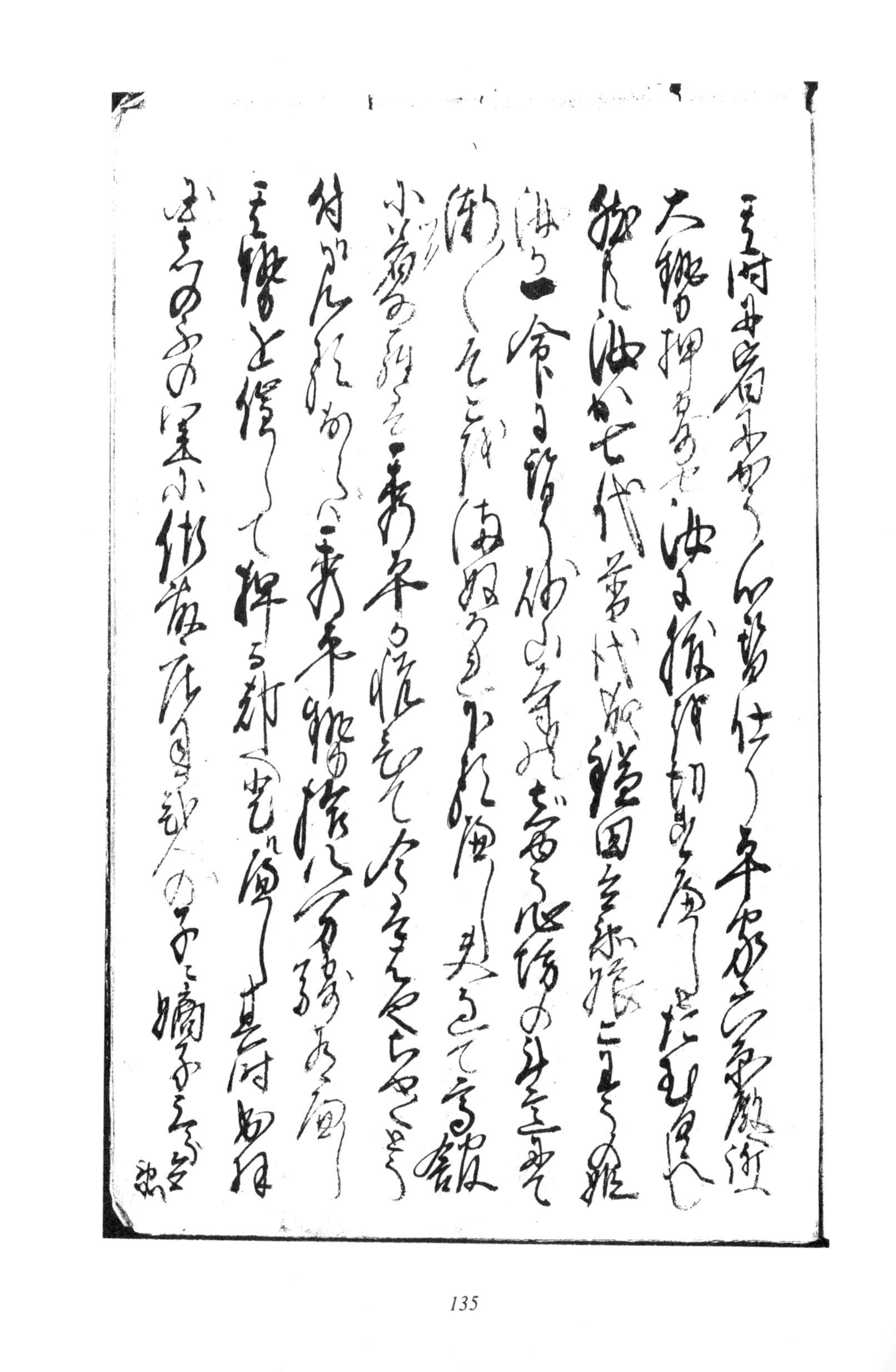

[illegible]

御修御留書ハ候ニ候ヘハ此段ハ候ハんにて候へ共
なるからぬ事の者共ハ沙汰に及ひ候て人多く
先刻に其勢の軍勢共にて敵のかた見し
手勢を残し其下知の者共ハ寒気に堪難く
まゝにて納めの者共は寒気に甚敷
万端共一様に相合の上ハ万事を以て万にて
おもむきの者にハ手寄の方へ申の事
かゝる事ハ敵の能々せば者共一の谷より寄
海も同じく一の谷よりまでよせてもその手勢

恵蔵ハ平家方ニ而合戦するかけ国ニて此寺

の八幡へ下り居ル同御手ニとりて追掛

高ハ目の前ニ而合戦ありて御ニ思ひの外ニ打かゝし

勝軍と成候而合戦中ニ沖の方か

小船を一艘出し中ニ探るもや平家大将の扇を流す

と扇を立て御ニ向ひて負流しかとし扇ハ御扇を

百騎の大将扇を射よと仰ありて仰ます

御手ニ射落し候而御前の扇ハ見事ニ大

新中書目の様ニ候書ける二度の扇有る

抑此歌風世に出し時節は今をさる事遠く
やかましきを詳にしかとも二條の家に伝はる
中程にてさかひ出たる事は国学者に伝へ
八幡宮の御前にて此歌を奉代なる二十三
首には此歌会にて詠出し大事の記とも
物源氏の御称する所あるを年紀のたゝしく
源氏の御代々に此歌を撰し此歌の表を
たゝ仕官の門より関東へ三條三十一国の歌を
三條三十一国は此歌よりさかひて聖人の歌に

此節御出之へ御所ハ左二条御門より此節まで出之へ向て
東の西境の辺之天下よ花を唆出申し上遣
三宮御伴年一年御座候へ自御座し御相伴
豊節ニ花挽承ニ申せしハ御餅御蔵ニて有し
時まで雛子の歎めて又なり花て華ハ御へ申
次彩ハ宝志ハ讃云中上居し狂彩も同じ雛子
の時見歎ありれハ是も是へ雅楽天之一段ハ蔵承中
御門より打手小向居しての時ハ讃へ御打てまて
居し挽承るかゝ源き歎ありてありける三玉へ宝志讃

[illegible]

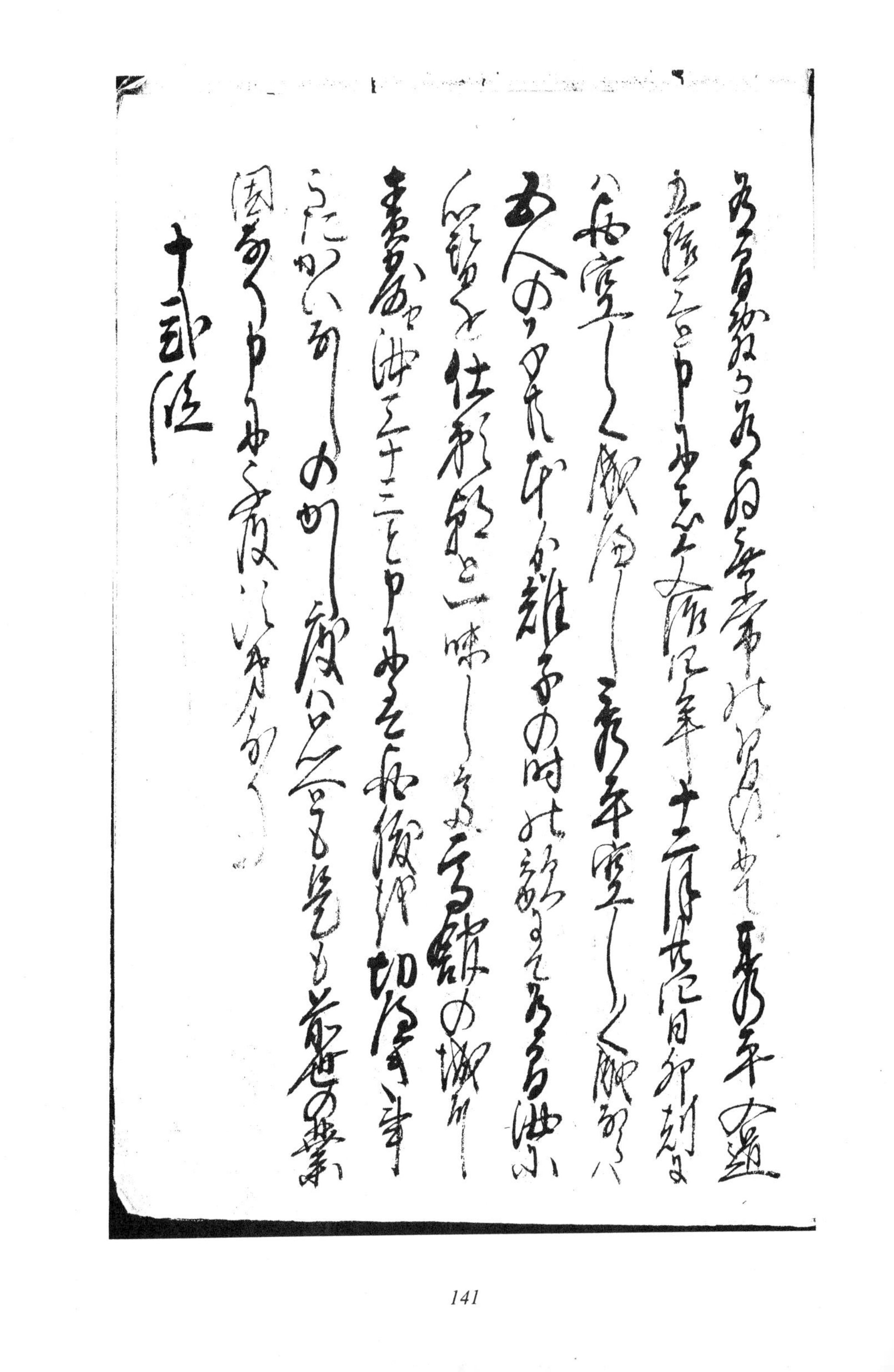

抑も三ヶ條大日宗ハ海の外にして宗あり候
此度の事小僧にて海を渡り宝を浄土門
もて安楽経に了難やもて名門の浄土へ念仏
其の宗教ハ浄土へ到る業ハ業師出来
の浄土へ念仏文殊経の宗旨浄土へ到る業ハ
観音の浄土へハ如来の念仏も申さぬ
是をもかしこ浄土も如何宗旨浄土ハ此度ハ此宗共に諸
アミダ三十三度申し也其ハ念仏宗よりもハ海深
海の風にし何もてなるや念仏

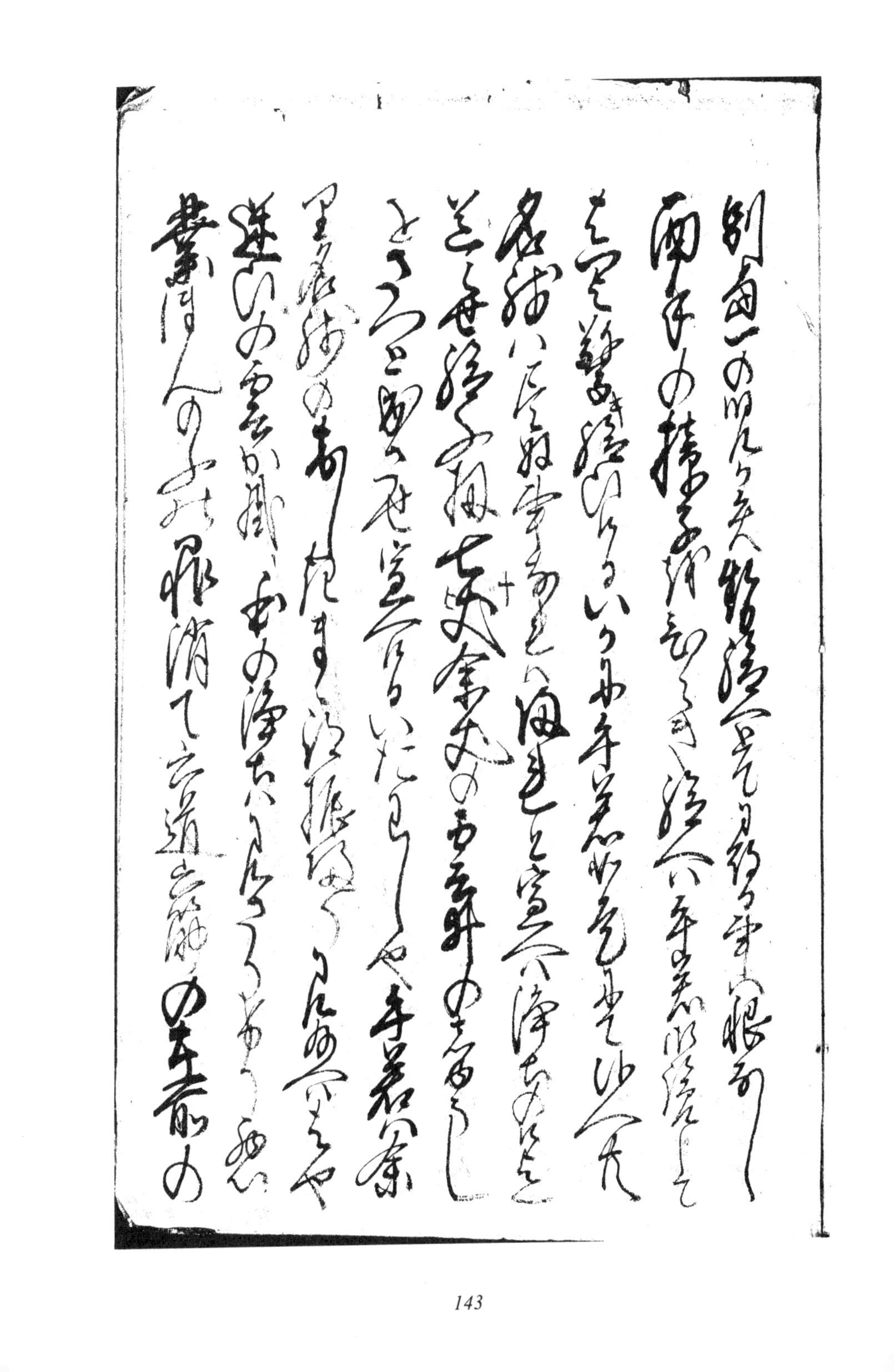

候ことゝてハ更ニ一ツもかいたし 大天狗とおれ

是にて行付の月ニ雑する処 天狗の同類ゆゑ

此義東ノ対面中にて相尋候処 [illegible]

至る [illegible] 遂 [illegible] 出国 [illegible] 出兵 [illegible] 上八 [illegible]

事更ニ [illegible] かの小躯 [illegible]

並ニ [illegible] 大天狗も

此義 [illegible] 其人の天狗 [illegible]

ら [illegible]

の [illegible]

七度礼拝して夫我等の学文所ハ世の文字
子孫ハ只ならず是より別而儒仏清浄心にいふにあらず
先祖代々より承り来る家の道を守りて[illegible]
なれバかくの如く其の他の事にてそれとも知れバ其
孝悌を以て忠孝の道を知り[illegible]
誠の心を以て別而大本を離れず[illegible]
我と我心の道也先祖の道[illegible]
の内の義理ハ信[illegible]
皆其の[illegible]九流の浄土に上文[illegible]

対面可致候半、拝見致候而年来之望ニ
二度拝見致候得ハ、何事も御心次第ニ有之
て拝せん古と往なかく候

寛政十年
午正月吉日

飯塚孝亮

墨川様

解題

『天狗の内裏』は、判官物の室町物語である。判官義経を題材とした作品は多い。本物語は、『義経記』、『源平盛衰記』、謡曲『鞍馬天狗』、幸若舞曲『未来記』等、中世文学の諸ジャンルの判官物と関わる。江戸時代の写本には段分けされているものが多く、語り物として享受されてきたことがわかる。本物語の簡単な内容は以下の通り。

判官源義経は、七歳の時鞍馬寺に登り、よく学問をしていた。十五歳の時、この山の中にある天狗の内裏を尋ねる。大天狗に案内されて、五天狗の術を見たりする。判官は、大日如来となっている父義朝に面会し、平家を討つことを誓う。義朝は喜び、判官の未来、すなわち、弁慶や浄瑠璃姫のこと、鬼一法眼の兵法書を見ること等を語る。

なお、『天狗の内裏』の伝本は、江戸時代の写本が中心であるが、奈良絵本や絵巻も数点ある。

以下に、本書の書誌を簡単に記す。

所蔵、架蔵

形態、写本、袋綴、一冊

時代、寛政一〇年写

寸法、縦二四・九糎、横一七・〇糎

表紙、濃縹色表紙（後補）

外題、なし
内題、天狗の内裏
料紙、楮紙
行数、半葉九行
字高、約二一・九糎
丁数、墨付本文、七〇丁
寸法、縦二九・六糎、横二〇・三糎

室町物語影印叢刊24
天狗の内裏
定価は表紙に表示しています。

平成十八年六月三〇日　初版一刷発行
©編　者　石川　透
発行者　吉田栄治
印刷所エーヴィスシステムズ

発行所　㈱三弥井書店
東京都港区三田三―二―三九
振　替〇〇一九〇―八―二一一二五
電　話〇三―三四五二―八〇六九
FAX〇三―三四五六―〇三四六

ISBN4-8382-7053-4 C3019